projeto gráfico e capa **Frede Tizzot**

revisão **Fernanda Cristina Lopes**

tradução **Iara Tizzot**

encadernação **Lab. Gráfico Arte & Letra**

© Editora Arte e Letra, 2024
Ana Navajas © 2019, Rosa Iceberg

N 318
Navajas, Ana
Você está muito calada hoje / Ana Navajas; tradução de
Iara Tizzot. – Curitiba : Arte & Letra, 2024.

168 p.

ISBN 978-65-87603-69-8

1. Literatura argentina   I. Tizzot, Iara   II. Título
CDD 868.9932

Índice para catálogo sistemático:
1. Ficção : Literatura argentina   868.9932
Catalogação na Fonte
Bibliotecária responsável: Ana Lúcia Merege - CRB-7 4667

ARTE & LETRA
Curitiba - PR - Brasil
Fone: (41) 3223-5302
www.arteeletra.com.br - contato@arteeletra.com.br

Ana Navajas

VOCÊ ESTÁ MUITO CALADA HOJE

trad. Iara Tizzot

exemplar nº 388

Curitiba-PR
2024

Para meu pai

Não faz nada. Passa o dia lendo.
Há milhões de coisas mais úteis, não é?

Agota Kristof, *A analfabeta*

Sempre escrevi depressa e coisas mais breves, e com o
tempo compreendi o porquê. Porque tenho irmãos muito
mais velhos que eu, e quando era pequena, se falava na
mesa sempre me mandavam ficar calada. Então eu me
acostumei a dizer as coisas depressa, e como o menor
número possível de palavras, sempre com medo de que
os outros continuassem falando entre eles e deixassem de
prestar atenção em mim.

Natália Ginzburg, *As pequenas virtudes*

VOCÊ ESTÁ MUITO
CALADA HOJE

1

O cemitério onde está enterrada minha mãe é meu jardim favorito. Tem árvores antigas com cipós e orquídeas escondidas, muita sombra e, a seus pés, uma lagoa encantada. Alguns acham que tem fantasmas, é um pouco assustador. Para mim só tem magia. Para alguns namorados também. Corre o boato de que, no povoado, o usam como Villa Cariño.

Meu irmão arquiteto hoje estava cortando com uma serra um molde em isopor: estava imitando a forma irregular das lápides originais da minha família no cemitério, particulares menires de granito preto, como se fossem arrancados de seu bloco primitivo e polidos apenas na frente, quase a contragosto, para pôr o nome do morto. Mas já não se conseguem facilmente. Como muitas outras coisas. Com esse molde, vai copiar depois em cimento e forrará só a frente com uma placa fina de granito: vai ficar bom. Meu pai, claro, guardou para ele uma das lápides originais, que combina com a de minha mãe e com as dos outros familiares enterrados ali: meu avô, minha avó, meus bisavós, meus dois tios, uma tia, uma prima, entre outros. Também já selecionou a trilha sonora para seu enterro, um tema de jazz escolhido para o momento preciso em que baixem o caixão. É de Avishai Cohen, se chama *Remem-*

bering e, exatamente no minuto 2:01, todos os instrumentos silenciam: o piano, o contrabaixo, a bateria. Só fica um eco. É aí, diz meu pai, levantando suas mãos no ar como um maestro de orquestra: nesse preciso instante o caixão tem que parar e ficar suspenso no ar, como os instrumentos, e depois, nos indica fazendo com suas mãos o gesto de arriar umas cordas, retomar a trajetória até chegar à terra. Tem tudo preparado para a festa.

Minha mãe, coitada, só havia pedido que a cremassem. Morreu em Buenos Aires depois de três anos de um câncer atroz, em uma sexta-feira 25 de maio, ao meio-dia de um fim de semana prolongado que se antecipava muito longo. Quando chamamos a funerária, nos informaram que, por causa do feriado, a cremação iria atrasar três dias e, portanto, também o enterro. Um horror, minha mãe ali morta esperando, e nós fazemos o que enquanto isso? Estávamos meu pai e os cinco irmãos fazendo vigília pelo corredor. Eu disse, usando uma das frases decisivas típicas da minha mãe: de jeito nenhum. Não a cremamos. Amanhã mesmo saímos para lá de carro. E acontece o enterro. Nos olhamos aliviados. Minha irmã caçula disse: vocês acham certo não cumprir seu último desejo? Acho certíssimo, respondi.

Começamos a organizar a logística do traslado imediatamente. Uma caravana fúnebre ao litoral: no fim das contas somos especialistas em nos colocar um atrás do outro, como os escravos com grilhões arrastando-se em fila. E fim de conversa. Nessa noite meu pai dormiu em sua cama e ao lado minha mãe, morta. Foi sua última noite em casa. Eu me arrependo de ter dado um beijo em sua testa; estava gelada.

Minha mãe não gostava de música, mas na noite anterior ao enterro meu pai passou horas na frente do computador, de fone de ouvido, até que encontrou a música perfeita: *Be my love*, de Keith Jarrett. Um solo de piano. No dia seguinte, meu pai pôs o carro ao lado do buraco que cavaram para o caixão, colocou a música e abriu as quatro portas. Quando estava viva, minha mãe sempre pedia a ele que baixasse o volume. No entanto, acho que ela teria gostado dessa última declaração de amor. O acúmulo denso de nuvens cinza que cobria o céu abafou o som, uma acústica perfeita. Garoava.

Depois do enterro pedimos à minha prima apaixonada por jardinagem que plantasse rosas atrás da lápide. Minha mãe gostava muito. Tem três plantas. Uma cresce altíssima, inexplicavelmente, como na história dos feijões mágicos, a do lado está pequena, não cresce muito. A outra ficou igual à do meio, mas raquítica, doente, à beira da morte. Ainda assim, faz cinco anos que sobrevive. Há uma roseira para cada uma das três filhas mulheres que minha mãe teve. Eu serei qual? A que cresce, a que permanece ou a que parece que vai morrer?

Hoje fui pelo terceiro dia consecutivo ao cemitério e, para as floreiras do túmulo, colhi três rosas vermelhas que meu pai pediu e cinco brancas que eu escolhi. No caminho tocaram na rádio da cidade uma música do Roxette que eu não escutava desde um verão chatíssimo de 1989, como tantos verões adolescentes chatíssimos que passei aqui. A floreira ficou feia, parecia do River[1]. Disse ao meu pai: para que me obriga a pôr as vermelhas? Você sabe que não fica bom. Ele me responde: para quebrar a monotonia.

O céu estava rosa, e, quando estávamos indo embora, para baixo do barranco onde começa a lagoa, apareceram centenas de vagalumes.

---

[1] Club Atlético River Plate, time de futebol de Buenos Aires que tem as cores branco e vermelho. (N. T.)

2

Na minha lista de desejos está morrer sem agonia, nem aflições, nem dor. Se definitivamente é a mesma coisa: num segundo você está, no seguinte não. Minha mãe, por outro lado, morreu depois de um longo sofrimento. Nisso, como em muitas outras coisas, espero não me parecer com ela.

Teve tempo de jogar fora todas as cartas que não queria que víssemos, de apagar os e-mails inapropriados, de dividir seus anéis, de fazer uma última viagem, de nos presentear com uma roupa, de arrumar sua mesinha de cabeceira. Minhas irmãs lhe diziam: mãe, não seja tão mórbida. Eu achava certo. Ninguém queria falar de sua morte com ela, não era um bom tema. Preferiam planejar coisas que nunca chegaríamos a fazer. É bem-visto pensar positivo. Eu tinha vontade de falar. Num dos seus últimos dias, me disse em voz bem baixinha: isso é muito difícil, estou com medo. Estou certa de que estava se referindo ao grande salto; eu aproximei meu ouvido à sua boca para escutar melhor, mas a enfermeira nos interrompeu, ela não era adequada para seu posto. Falava muito e queria nos contar sobre os últimos dias do Flaco Spinetta[2]. Eu

---

[2] Luis Alberto Spinetta, conhecido como El Flaco, importante cantor, guitarrista, compositor e poeta argentino. Morreu de um câncer de pulmão. (N. T.)

não queria falar com ela, queria falar com minha mãe.

Seu último dia foi uma sexta-feira. De manhã cedo começou a respirar com dificuldade. Tivemos tempo de conversar pelo telefone os cinco irmãos, de nos reunirmos em sua casa; meu pai se encarregou de avisar meu tio, minha tia. Entrávamos e saíamos de seu quarto, segurávamos sua mão. Ela não falou mais. Suponho que durante toda essa manhã tenha se sentido absolutamente sozinha, ilhada, escutando aturdida sua própria respiração, como quando se mergulha. O som da morte. Nesse momento me pareceu que precisava de intimidade. Era evidente que cada tomada de fôlego estava lhe custando mais e mais. Há certas coisas para as quais idealmente se necessita prescindir de público. Como cagar, como morrer.

Eu saí da cadeira que havia ao lado da cama e fui para a sala de estar, com os outros, para comer o que nos havia preparado Francisca, nossa babá da infância. Francisca já faz anos que não trabalha em casa, mas durante as últimas semanas de minha mãe voltou para cozinhar para ela, ajudar a ir ao banheiro ou a trocar a camisola. Era perto do meio-dia. Estávamos com fome. Foi assim: enquanto minha mãe morria, eu estava comendo salame e matambre enrolado. Depois pensei que nunca mais ia ter vontade de comer isso, porque me traria lembranças terríveis. Mas não, claro. Logo depois comi os dois.

Sozinha e aterrorizada, como todos aqueles que veem a morte escondida em um canto, minha mãe aproveitou e disse: bom, agora. Tomou o último sopro de ar e o soltou.

Não me lembro bem da parte em que nos disseram venham todos ao quarto. Não sei quem foi que nos avisou. Acho que foi Francisca.

3

Todos os whatsapps que tinha com minha mãe desapareceram quando o celular quebrou na quarta--feira passada. Às vezes os relia, embora só dissessem coisas tipo: CHEGOU?, ou O AVIÃO ATRASOU, ou QUANDO VEJO AS MENINAS, ou JÁ DESÇO. No telefone novo também os contatos favoritos desapareceram da lista. Tive que fazer uma nova. Aproveitei para reorganizá-la: primeiro está meu marido (antes estava minha mãe). Depois Rosa, a mais velha, a única de meus filhos que tem celular. Meu pai subiu várias posições. Meus irmãos estão mais abaixo: a caçula, o mais velho, a do meio e o arquiteto, nessa ordem. Antes disso não quis apagar minha mãe, embora não fosse ligar para ela nunca mais. Mas agora me parece sinistro adicionar seu contato. Também era sinistro me enganar e ligar sem querer. Às vezes ainda acontece : em minhas chamadas recentes há uma para minha mãe. Pronto, acho que é melhor assim.

Convido meu pai para minha casa. Compro torrone, compro o vinho de que ele gosta, trato de dar a melhor poltrona para ele, a mais confortável. Mas nada é o suficientemente bom para ele. Não tenho vontade, suspira, imitando sua mãe, que por sua vez imitava a sua. Na verdade, não sei, mas parece ser um desses hábitos ruins que se herdam de geração em geração. O que quer dizer meu pai é que tudo já não importa para ele. É sua nova mania: fingir que agora que é velho e viúvo as coisas não importam mais. Não sorriu complacente. Não sou sua cúmplice, nunca fui.

Ele me conta que é aniversário de seu irmão mais velho. Noventa anos. Me mostra o e-mail que escreveu para ele. É emotivo, curto, quase uma polaroid. Papai se lembra de si mesmo, menino de oito anos, esperando ansioso seu irmão de vinte e três, depois de um longo período de ausência por causa do serviço militar. Em seu e-mail evoca o momento preciso do banho de chuveiro, os dois juntos, estão nus. Seu irmão empresta para ele seu xampu Mulsified, o faz se sentir importante. Fim. Entendo que com essas linhas quer dizer a ele que a fraternidade é um sentimento forte, um amor que não se apaga nunca, apesar de tudo. Acho que com seu irmão se sentiu acompanhado, embora fossem momentos. Como eu com os meus. Digo a mim mesma que só é capaz de dizer isso assim, por escrito. E gostaria de comentar algo a mais, mas digo: muito bonito. À noite, no conto que discutimos na oficina de leitura, aparece esta frase: há algo biologicamente gratificante em se dar bem com um irmão. Anoto.

No dia seguinte vamos a seu apartamento, o mesmo de sempre, o que comprou com minha mãe quando nos mudamos para Buenos Aires. Estamos todos, os cinco irmãos e ele. Eu sempre sento na cabeceira desde que minha mãe morreu. Ninguém queria se sentar nesse lugar, mas eu disse: eu gosto. Não te impressiona? Que nada. Aproveito para mudar algumas regras. Quem senta na cabeceira manda. Tiro o kiwi da salada de frutas, sirvo com a mão. O que você está fazendo, Ana? Não me encham o saco. A mesa é um caos desde que minha mãe morreu. Tudo é um caos desde que minha mãe morreu. Típico sábado de sol que me bate na cara e me incomoda porque estou na cabeceira. Minha filha Rosa diz: posso ir embora? As conversas depois da comida são super longas nesta casa. Primeiro digo não e depois: faça o que quiser. Todos fazemos o que temos vontade.

Falamos de tudo um pouco. Também falamos da mãe, com naturalidade, como se não estivesse morta. Intercalamos lembranças comuns com frases venenosas, e com o que fizemos hoje ou ontem. Meu pai tira os óculos, seca uma lágrima que escorre em silêncio e deixa claro: não estou chorando. Como quando Rosa era pequena, quando caía e dizia: não está doendo. Os dois me fazem lembrar de mim mesma, desse orgulho ridículo. Um de meus irmãos debocha. Outro ri. Eu também. Somos seis órfãos perversos, soberbos, desolados.

Rosa me diz: mãe, você é igual ao vovô, e eu respondo que já sei. O quê? Você não gosta de ser igual ao vovô?, me pergunta ao descobrir a tensão em mi-

20

nha voz. Está olhando uma foto que tem no celular, é uma foto de uma foto, em preto e branco, meu pai deitado numa poltrona ou numa cama, com uma mão atrás da cabeça e a outra segurando um livro, uma perna dobrada e a outra esticada, a boca entreaberta, o olhar fixo. É jovem, displicente, está nu. Eu nunca havia visto essa foto. Pergunto a Rosa onde a encontrou. Não me responde. Todos os que estão à mesa vão passando o celular e dizem: é igual, é igual.

No domingo vou sair de novo com meu pai, embora esteja me sentindo péssima. Sei que está aborrecido. Digo que escolha o restaurante. Diz que não tem vontade. Dou-lhe opções. Escolhe um e, ao fazer isso, já sabe exatamente o que vai pedir. Sempre faz a mesma coisa. E depois vai criticar, como sempre critica tudo. Seu prato, os garçons, os vizinhos das outras mesas, meu tom. E eu vou me irritar. E vou voltar chateada, como sempre que saio com meu pai.

Falo pelo telefone com meu irmão mais velho. Me diz que, para ele, aos setenta e poucos se pode escolher entre ser um velho sábio ou um velho de merda. Ele planeja ser um velho sábio; eu não tenho tanta segurança de poder escolher.

Estamos em casa, é de noite. Meus filhos estão circulando. Meu marido põe música alta enquanto cozinha. Me incomoda. Quando éramos crianças, meu pai punha música alta. Sempre jazz. Eu só gostava de jazz quando ele me convidava para dançar sobre seus pés, agarrada em suas mãos, como se fôssemos uma só pessoa, um único movimento. Eu gostava quando punha Jean-Luc Ponty, porque era com violinos e me parecia mais moderno que seus outros discos. Adorava essas danças mas, no final, sempre pareciam curtas demais.

4

Quando acordamos, Elena chorou por causa do presente de Reis que eu deixei sobre suas sandálias plataforma. Disse que estava com ciúmes de Pedro, que ela também queria um brinquedo. Não sei muito bem o que fazer com Elena, que usa sutiã, brinca com bonecas, passa batom, dorme com um bichinho de pelúcia e escreve cartas para o Ratón Pérez[3]. A pedagogia moderna não deixa de me maravilhar. Elena é capaz de se expressar enquanto eu, em seu lugar, mastigaria muda a frustração com um sorriso amarelo. Então dou um abraço apertado nela enquanto penso que minha mãe, em meu lugar, teria mandado ela pensar por ser mal-agradecida, chamando-a de senhora: a senhora vá pensar no banheiro. Por um segundo me sinto orgulhosa por estar melhorando a espécie. Depois penso na hipermaternidade e me convenço de que tudo bem que se frustre pelos shorts jeans comuns que escolhi em cinco minutos para poder ir fazer outra coisa. Não termino de me decidir.

Minha mãe era especialista em contar coisas que pareciam mais perigosas ou dramáticas do que eram, ou mais espantosas, ou mais geniais ou ridículas. Ela

---

[3] Ratón Pérez, equivalente à Fada dos Dentes na Argentina. (N. T.)

dizia que exagerava um pouco. Para mim, mentia. Muito cedo me ensinou a não contradizê-la em público e a dizer "não estou de acordo" em vez de "não foi assim". Aprendi. Mas quando era eu que não sabia do que estava falando e dependia de suas descrições, caía em sua armadilha: acreditava nela igualmente. Por exemplo, quando me contava o que estava organizando para meu aniversário e no fim acabava sendo algo comum e convencional. A mesma coisa quando descrevia os lugares onde iríamos passar as férias. Ou quando ia a Buenos Aires visitar meus irmãos mais velhos e me contava de lá pelo telefone que havia comprado algum presente para mim, como para encher de ilusão essas ausências.

Uma vez me disse que tinha comprado umas sandálias franciscanas. Aos sete anos eu não estava ciente de que o adjetivo *franciscano* era usado para descrever coisas austeras, despojadas, quase sofredoras. O tipo de objetos de que minha mãe gostava. Segundo ela, as sandálias que comprou eram divinas, trançadas. Imaginei-as brancas, com laços que subiriam pelo meu tornozelo, cheias de enfeites e flores e guizos. Minha decepção ao receber foi igual à que eu tinha tido um ano antes, quando, depois de sua primeira viagem para a Europa, me trouxe uma gravura de uma virgem de Leonardo da Vinci para decorar meu quarto, ao que respondi com tristeza dizendo que tinha imaginado algo mais natalino. Uma decepção enorme a que fui me acostumando e que fui aprendendo a controlar. Usei as sandálias sem dizer um a, até que ficaram pequenas. Por outro lado, não tinha outras.

Dia de Reis também é o dia do aniversário de meu pai. Quantos anos? Pensei de manhã. Setenta e cinco, setenta e seis, não tenho certeza. Mas vamos lá, todos, como sempre, a hipermaternidade ao contrário: somos hiperfilhos, hipernetos. Ligo para ele antes de subir no avião que vai me levar de volta à casa onde nasci para dizer feliz aniversário e para que se lembre de mandar alguém nos buscar quando chegarmos ao aeroporto.

Não me importo com meu aniversário, diz ele pelo telefone, desde seu trono. Como não me importo com o Natal ou com o Ano Novo. Digo que todos estamos indo para lá pelo seu niver. Desde quando não se importa, pai? Ah, então venham, sim, eu gosto, ele diz.

No avião pergunto a Pedro, quer jogar no iPad? Não. Desenhar? Menos ainda. Escrever? Não. Pensar? Sim, e olhar pela janela. Começou com a mania de pegar a minha mão enquanto estamos comendo, de se apoiar em minhas pernas quando me agacho, de se meter entre minhas pernas enquanto caminho, e quando digo ai, Pedro, sai daí, ele me diz: é que eu te amo.

Quando meu pai era pequeno, seu pai, o dono de tudo, tinha decidido que ele tinha que entregar os presentes com os filhos dos empregados no jardim da casa-grande, um jardim denso de árvores grossas com macacos e tucanos, que meu pai gostava de caçar com estilingue. Quando ficou grande se arrependeu. Era um pequeno Rei Mago no dia de seu aniversário: ele mesmo distribuía os pacotes para as crianças que faziam fila. Uma imagem feudal. Ou peronista. Meu pai é, com muita diferença, o mais novo de quatro irmãos, e essa tradição começou com seu nascimento. Consigo imaginá-lo aos cinco ou seis anos, malcriado e vestido de branco, com mocassins de couro sem meias, como em algumas fotos. De repente não sei se inventei isso. Na dúvida, depois pergunto: é verdade que entregava presentes? Foi uma vez ou fazia sempre? Claro que é verdade!, responde. E diz que também é verdade que sempre faltavam e ele tinha que dar de presente os seus próprios brinquedos. Pode contar ao terapeuta, acrescenta, porque sabe que nunca mais vai voltar ao psicanalista vincular ao qual tentei arrastá-lo depois da morte de minha mãe. Na última vez, mal saímos para a rua, repreendeu minha irmã mais velha: como você pôde contar isso a um desconhecido? Não passamos de cinco sessões.

Quando chegamos com meus filhos à casa onde nasci com o motorista que meu pai mandou para nos buscar no aeroporto, não encontramos ninguém. Só os cachorros. É porque minha mãe não está mais. Ela teria cozinhado. Não há cheiro de aniversário. Meu pai chega um pouco depois e vamos levar flores para minha mãe no cemitério. Seu túmulo parece o altar de Gilda: todos os meus irmãos vieram antes de mim. O aniversário de meu pai deixou de ser o evento tenso em que tinha se transformado quando minha mãe vivia. Ela queria fazer homenagens para ele e já não sabia como porque meu pai tinha padrões muito altos e é difícil de satisfazer. Minha mãe nos torturava com ideias para o jantar, com os preparativos, com seu presente.

Em minha família circula uma frase machista de que minha irmã machista gosta muito, e diz assim: as mulheres podem ser a lápide ou o pedestal de seus maridos. Minha mãe era sem dúvida do segundo grupo, mas agora se juntou ao primeiro: esse pedestal se transformou na lápide que coroa seu túmulo, deixando meu pai pequeno, muito menor do que pensávamos.

Trouxe de presente para ele um romance policial que certamente vai jogar no lixo se não prender sua atenção nas primeiras páginas. Se ele achar péssimo, é provável que o rasgue em pedaços. Nossas primas, por outro lado, vieram com comidinhas: uma trouxe um patê feito com o fígado de seus próprios patos, outra um azeite de oliva e a terceira acho que nada, mas se trouxe alguma coisa, certamente foi de comer. Agora vamos comer um porco que encomendamos. Por sorte já veio cortado e não tem forma de animal. A cabeça ficou na cozinha. Quando Pedro espia e vê os dentes do porco, não come. Meu pai diz que está cansado de comer porco. Mas não nos importa.

Olho para ele sentado em sua cabeceira. Um bolo, cinco filhos e treze netos me parece um festejo mais que suficiente. Do outro extremo da mesa, no lugar que era de minha mãe e agora é meu, tiro fotos com o celular. Todos cantamos parabéns a você, mas eu penso: coitado do papai. Cada dia que passa é um pouco menos Rei Mago.

5

No jardim tudo cresceu sem controle, verde e desordenado. Meu pai mandou chamar um exército de jardineiros para resolver esse crescimento repentino. Agora que os motores dos cortadores de grama foram desligados, só se ouvem as cigarras, que se sobrepõem em um coral que me perturba. Como o calor. Sempre digo que prefiro o calor, mas o daqui é um tabefe no meio da cara.

A casa onde nasci me lembra muitas coisas das quais não gosto em mim; por isso, desde que vivo em Buenos Aires, preciso ir embora, vir um tempo curto e depois ir embora. A primeira vez que convidei uma amiga tínhamos dezoito anos e o mês de janeiro de 1992 passava lentamente. Paca chegou muito cedo no ônibus de Retiro, olhou as lagoas que eram visíveis da janela do meu quarto e disse: é um paraíso. Eu fiquei tão surpreendida como quando, com meus oito anos, minha professora de catecismo me disse que minha mãe era muito bonita.

Bonita? Paraíso? Nunca tinha me dado conta de que a vida não era só o que via através dos meus olhos.

Muito tempo depois, quando me reeduquei, quando fui embora e voltei, pude começar a entender. Quando era jovem sabia correr descalça pelos caminhos de terra. Depois perdi o talento. Ou o calo. Agora caminho com cuidado, procuro com meus pés o frescor amável das lajes do piso de fora.

Meu pai diz que quer se mudar para o deserto do Atacama, que não suporta mais a umidade. Fala pouco e, em geral, se queixa. Diz que precisa ir à cidade, e depois passar pelo cemitério. Todos os dias vamos ao cemitério. Para os outros parece estranho. Para nós, normal.

Quer tirar uma foto para renovar sua carteira de motorista. Pergunta várias vezes: quem disse que precisa ir à farmácia? Poderíamos ir juntos, assim no caminho eu tiro a foto. Meu pai gosta de precisar de coisas ou de que outros precisem delas; isso lhe permite sair. Sair para comprar, para sair de casa, para encomendar alguma coisa. Sair. Nisso também nos parecemos. Eu não, digo. Eu não, diz minha irmã caçula. Eu não, diz Rosa. Está bem, eu te acompanho, digo. Preferiria sair para passear de bicicleta, não digo. Meu pai não gosta de andar sozinho. Na verdade, já que vão, quero um chinelo de dedo 37, álcool boricado e Corteroid em gotas, diz minha irmã. Que folgada, então por que não vai você?, também não digo.

Mal subimos no carro, meu pai desvia do caminho e entra no gramado. Me diz que tem uma plantação de rosas secreta no fundo do jardim, quase chegando ao arroio. Pergunto por que estão escondidas atrás das laranjeiras; nunca tinha visto, são muitíssimas. Responde que, de agora em diante, nunca vai ficar sem rosas. Se abaixa e escolhe cinco. Eu olho para ele do assento do passageiro.

Quando chegamos à cidade, o ar está tão denso que fica difícil de respirar. Em Rolando Fotografia, além das fotos para a carteira, meu pai faz cópias de duas fotos da minha mãe: olha, você gosta? As duas fotos foram tiradas no celular, em baixa definição, não estão boas, mas digo: muito boas. Fazer cópias em papel é uma de suas últimas fraquezas. Quase sempre são fotos de pessoas mortas ou a ponto de morrer.

Em Rolando Fotografia, como em toda a cidade, as coisas são feitas muito lentamente. Estamos todos submersos, em câmara lenta, nos movendo com esforço. Do balcão meu pai me diz desculpa, e se aproxima arrastando os pés pelas lajotas de barro, vão demorar muito. Não tem problema, digo da poltrona bordô, com o courino grudado nas minhas pernas nuas e o celular na mão; aproveito para ler mensagens. Aqui na cidade, todas as garotas usam pouca roupa, e nossa pele se cola à dos outros quando cumprimentamos com dois beijos, quando nos sentamos, quando nos encostamos suados, quando o calor vai nos fazendo perder o pudor.

Na farmácia temos outra longa espera diante de um ventilador de pé que espalha apatia e pó em partes iguais. Tem só uma das coisas que viemos comprar. A terra avermelhada começa a se incrustar em nós, estamos ficando com a cor da cidade. Chega, não vamos a outra farmácia, vamos voltar, digo, além disso faltaram os chinelos de dedo, mas cansei.

Na farmácia de Tamy sempre tinha de tudo, mas já não existe mais. Nessa esquina agora tem uma sorveteria que se chama Duomo e, ao lado, sua casa de azulejos está abandonada. No fim das contas, para seus pais, tudo deu errado. Conheci Tamy num aniversário. Tinha um rabo de cavalo no alto e o resto do cabelo solto. preto luminoso, brilhante como eram seus sapatos de verniz. Tínhamos cinco anos, foi amor à primeira vista. Fizemos dupla em todos os jogos: comer maçã sem as mãos, pescar com ímãs na piscininha, estourar balões sentando neles, dançar com os pés amarrados. Tamy ia completar seis anos em 19 de junho, eu em 19 de abril. Era a mesma coisa. Desde esse dia nos consideramos gêmeas. Um mês mais tarde começamos o primeiro ano na mesma escola. Meu avô veio me buscar com um paletó branco, em seu carro branco. Tiraram uma foto nossa: eu seguro uma pasta de couro azul na mão direita. Quando voltamos para casa, disse para meu pai: ainda não aprendi a ler, mas assim que me ensinarem te aviso. Como no dia daquele aniversário, Tamy estava vestida de festa. Seu avental branco era o único que tinha rendas bordadas ao redor do pescoço, suas meias tinham babados. O meu, ao contrário, era todo liso. Minha mãe dizia que quanto mais simples, melhor. Eu não estava nada convencida; dizia a ela que sim, mas, em segredo, eu preferia tudo de Tamy. Em sua casa comiam com suco, na minha com água. Davam banho nela à tarde, depois da siesta, e punham vestidos e muito perfume. Me davam banho à noite, rápido, e me punham o pijama e umas pantufas peludas de Jujuy[4] que, embora a princípio tenham me emocionado, depois da primeira lavada ficaram duras e perderam a graça. No Natal, a árvore de Tamy era mil vezes melhor que a da minha casa: era cheia, altíssima, falsa. As bolas eram enormes e de todas as cores, e além do mais tinha neve. A nossa era um pinheiro natural que dom Vantaggio cortava do jardim e que nunca era suficientemente forte para ficar erguido com os enfeites. A casa de Tamy era na cidade, no meio de tudo, e tinha uma piscina. Minha casa, por outro lado, estava ilhada entre duas lagoas enormes com capivaras e sete jacarés que levamos ainda filhotes com meu pai em uma sacola de juta, um dia que saímos de bote. Desde que os soltamos, nunca mais eu quis entrar na água, mas não senti falta, porque o barro que grudava entre os dedos de meus pés sempre me dava arrepios na nuca. Preferia a limpeza da piscina, toda vida.

Até seu nome era mil vezes melhor que o meu: ninguém que eu conhecesse se chamava Tamy. Ana, ao contrário, sempre me pareceu muito comum; era

---

[4] Jujuy, cidade e província do noroeste da Argentina. (N. T.)

igual de trás para frente, nem sequer tinha um ípsilon. Mas o melhor de Tamy era o trabalho de seus pais. Não era em um escritório chato com planilhas cheias de números, como o de meu pai. Aí, a única coisa que me divertia era apagar com saliva as contas que meu pai fazia com um lápis sobre sua mesa de fórmica branca. Marta e Ramón, por outro lado, eram donos da Farmácia San Martín. Na hora da siesta, quando iam descansar em seu quarto na casa de azulejos, Tamy e eu entrávamos nesse mundo de penumbras, cheio de suprimentos mágicos e secretos. Os remédios se distribuíam do piso ao teto em estantes de madeira escura. Nossos preferidos eram os *Mejoralitos*, pela cor e pelo sabor. Mas nos fascinavam os artigos de perfumaria, que ficavam guardados em vitrines de vidro atrás do balcão. A gente pintava os lábios, as pálpebras, as bochechas. Minhas sessões intensas de maquiagem foram durante essas *siestas* de calor na penumbra da farmácia. Numa tarde descobrimos uns envelopinhos prateados e, dentro, uns plastiquinhos coloridos. Pusemos uma camisinha em cada dedo e passamos pela nossa cara. Repetimos o ritual muitas vezes, até que um dia Marta entrou. Olhou para nós. Estávamos de joelhos. Escondemos as mãos, mas não os envelopinhos que tínhamos deixado no chão como restos de doces. Não nos disse nada. Mas os trocou de lugar e nunca mais os encontramos.

Desde que não estão mais Tamy nem a farmácia, perdi o interesse pela cidade. Tento ir o menos possível. Entramos no carro e o ar-condicionado no máximo demora para responder. Meu pai cai em todos os buracos, entra em ruas na contramão e fura todos os sinais vermelhos. Mudaram tudo, se desculpa, tudo. Que pessoas horríveis tem agora, diz olhando pela janela. Perceba que quanto mais feia a pessoa é, mais tatuagens e brincos tem. Que primitivismo! Olha essa gorda.

Quando chegamos ao cemitério, as rosas que meu pai cortou e apoiou no assento de trás do carro estão totalmente murchas. Que desastre, diz. Ele também está murcho e esgotado. Nos sentamos um pouco no banco de madeira que ele mandou pôr na frente do túmulo de minha mãe. É um cemitério-selva. Tem todos os tons de verde, todos os tamanhos de folhas. Até os troncos das árvores parecem vestidos para festa, cobertos de samambaias, de orquídeas, de trepadeiras. Guaimbê, cipó, caraguatá. Não me ocorre um lugar mais excessivo e vital que este. A relva é espessa e desprende vapor, os pássaros vão se acomodando nas copas das árvores para passar a noite. Aqui tudo cresce muito, é a única coisa que meu pai diz.

As floreiras tinham ficado vazias do dia anterior, embora costumem exibir uma combinação de gérberas, rosas e agapantos misturados sem outro critério a não ser o da oferenda desmedida. Sempre penso que minha mãe não gostaria disso. Quando me ocupo das flores tento montar ramos mais sóbrios, a seu gosto. O problema é que em janeiro murcham rápido.

Não se preocupe, amanhã traremos umas lindas, digo para meu pai. Hoje está muito quente.

6

Francisca não é ruim, sofreu muito, me dizia minha mãe para me convencer de que Francisca não era ruim. Logo que tive minha filha me dei conta de que, no fundo, era boa. É o que acontece com muitas mulheres. Quando dão à luz a seus filhos é quando entendem suas mães. Eu, quando dei à luz a minha primeira filha, em todo caso a chamei de Rosa, o nome da minha outra babá, a boa, embora deva dizer que Francisca, o da malvada, também foi um nome que consideramos.

Francisca um dia chegou em casa vindo de longe, sozinha e a pé. Era órfã. Tinha ido embora da casa em que trabalhava, cansada de abusarem dela. Seu patrão a violentou e a deixou grávida. Depois tirou o bebê dela e o criou como um patrãozinho. Eu gostava de ir escondida ao quarto de Francisca e espiar a foto do menino vestido com um colete e calça marrom combinando, camisa azul-claro e um chapéu de aniversário que parecia com os dos meus livros de contos de fadas. Estava de pé numa cadeira, sozinho, de frente para um bolo com uma vela que dizia "2". Eu sempre perguntava a Francisca, quem é? Às vezes não respondia, às vezes dizia "ninguém" e às vezes dizia "meu filho". Mamãe não precisava de outra empregada, mas estava no final de sua quinta gravidez, a última, então a contratou. Além do mais, minha mãe sempre foi defensora das mães solteiras, das mulheres que apanhavam, dos ex-combatentes, dos que não podiam estudar e dos que não tinham pais. Francisca reunia várias dessas condições. Era órfã de pais, órfã de filho e queria estudar. Enquanto trabalhou na nossa casa foi para a escola noturna. Fez também a catequese. Fez a primeira comunhão no mesmo dia que eu, no final da fila.

Segundo me contam, eu tinha quatro anos quando ela chegou e mal olhei para ela, saí correndo. Por isso ela não gosta de você, diziam meus irmãos mais velhos quando vinham de Buenos Aires nos visitar. Não gosta de você porque você também não gosta dela. Eu gostava de ficar com a Rosa. Rosa me arrumava, falava com doçura comigo, me deixava fazer penteados nela e ajudar na cozinha. Me dava uma tábua, uma faca e me deixava picar a carne, descascar as batatas e as cenouras. Francisca, por outro lado, me repreendia sempre. Não me deixava pisar quando passava pano e, se por acaso me visse caminhando pelo corredor, me espantava com o rodo. Minha mãe não nos deixava ficar dentro de casa durante o dia. Não podia ficar sentada lendo quando lá fora tinha sol; ela achava inútil. E Francisca aplicava essa regra com todo rigor. Mas chamava a minha irmã mais nova de bebê porque tinha visto ela nascer, permitia que fizesse qualquer coisa. Ela não teve a oportunidade de sair correndo. Era a única que a fazia rir.

Francisca tinha uma pinta enorme no rosto, marrom, enrugada, com pelos, como a da madrasta da Branca de Neve quando se transformava em bruxa. Cada vez que minha mãe e meu pai viajavam para Buenos Aires para visitar meus irmãos, que tinham ido morar com minha avó para fazer o ensino médio, Francisca virava minha madrasta. Ou minha bruxa, que para as meninas que liam contos de fadas como eu era a mesma coisa. Se apropriava da casa, punha chamamé[5] no último volume e assobiava as melodias. Não me permitia deixar nem um pouco de comida no prato e não se importava de me obrigar a comer as comidas que mais odiava, como charutinhos de carne enrolados em folha de repolho. Que era como comer a mim mesma, ou a minha irmã. Eu escrevia cartas de amor angustiantes para minha mãe. Dizia para ela tenho saudade. Perguntava quando você volta. Contava que Francisca me batia quando eu não obedecia, e que ela era muito ruim. Dizia que a casa estava triste sem ela. Deixava as cartas no seu travesseiro e ela lia quando voltava. Nunca me dizia nada, mas guardou todas; pude lê-las de novo muitos anos depois. No primeiro ano de faculdade, numa oficina de escrita nos disseram para escolher um personagem qualquer e escrever um perfil. Eu escolhi Francisca. Quando um de meus

---

[5] Chamamé, estilo musical. (N. T.)

irmãos leu o perfil em voz alta na sala de estar, minha mãe começou a chorar e disse: nunca me dei conta.

Um dia minha mãe me chamou na cozinha e disse: se despeça da Rosa, ela vai embora. Rosa não estava com o uniforme e vi sua bolsa verde a seus pés. Como assim vai embora, perguntei. Para onde? Vai embora com sua filha, me disse minha mãe. Mas venho visitar, me disse Rosa. Abracei ela com força e voltei correndo para a piscina de fibra de vidro turquesa que meu pai tinha mandado pôr no jardim e fiquei um tempo submersa, segurando a respiração. Nunca mais a vi. Nunca mais comi coisas tão gostosas como as que ela cozinhava: frango frito, anéis de cebola, suflê de chocolate. Muito tempo depois fiquei sabendo que Rosa roubava. Minha mãe tinha dado várias chances a ela, mas parece que Rosa não podia evitar.

Para que eu não ficasse tão triste me trouxeram um fox terrier. Dei a ele o nome de Top. Todo dia ao meio-dia quando chegava da escola fazia para ele uma comida especial que tinha lido num livro de cachorros. Com as habilidades herdadas de Rosa picava a carne, ralava maçã e cenoura, cozinhava no fogão. Um dia uma jararaca o picou e não vi mais ele. Meu pai disse: deve ter se perdido. Então todos os dias ao meio-dia quando voltava da escola, em lugar de fazer a comida, saía pelo jardim e chamava: Top, Top, Top. Me contaram a história da jararaca muitos anos mais tarde. Na minha família é comum isso de que as crianças fiquem sabendo de tudo muito tempo depois. De que todos fiquem sabendo de tudo muito tempo depois.

Comecei a me entediar mais do que antes. Na siesta, olhava o bosque da sacada e contava para minha irmã mais nova histórias inventadas que ela escutava com atenção. Dizia que lá no fundo, atravessando todas essas árvores, num lugar que se chamava Montecarlo, eu tinha uma casa e um filho que criava sozinha, e éramos muito felizes. De repente pegava a bicicleta, saía por um tempo e quando voltava dizia para ela: fui visitar meu filho. Outras vezes, à noite, dizia que ia me transformar em bruxa. Mudava meu semblante e meu tom de voz até conseguir fazer com que ela entrasse em pânico. Às vezes o medo durava até o dia seguinte e eu não podia nem tocar nela. Por fim, me cansava de contar histórias e preferia ler. O problema era que já conhecia de cor quase todos os livros da biblioteca. Então dizia para minha irmã que escolhesse um que eu não tivesse lido ou que pelo menos tivesse muita vontade de reler. Se fracassava, eu pegava o livro selecionado e o atirava com força da minha cama para a sua. Ela ficava enterrada sob uma avalanche de livros.

Naquela vez que minha mãe me disse que Francisca tinha sofrido muito também me contou que ela estava triste porque o filho não a recebia e dizia que ela não era sua mãe. Quando nos mudamos para

Buenos Aires, Francisca veio conosco. Como eu, ela gostou mais da cidade e, como eu, ficou para sempre. Quando deixou de trabalhar conosco, se apaixonou por um homem bom, ou pelo menos foi morar com ele. Um motorista de ônibus de Lánus[6] que se chamava Cayetano. Desde que minha mãe morreu, nos visita de tempos em tempos. A mim ou a minha irmã caçula. Sem aviso prévio, vem de Lánus e toca a campainha de nossas casas. Cayetano prefere esperar lá embaixo. Ofereço algo para tomar, nos sentamos na sala de estar e só falamos de agora: de meus filhos, da casa que ela quer fazer, de tudo aquilo que lhe dói: o fígado, as costas, os joelhos.

---

[6] Lánus, cidade da Província de Buenos Aires. (N. T.)

7

Gosto de voltar para casa. Gosto de viver entre edi-
fícios, não preciso de mais verde que o da minha sacada
nem mais flores que as dos vasos enormes que tenho na
sala de estar. Não me interessa desfrutar da natureza nos
fins de semana. Sair da cidade me cansa, sair com trânsito
pode chegar a anular minha vontade de tudo, até de ter
um cachorro. Mesmo assim, no sábado acordamos cedo
para ir ver uns cachorrinhos em um canil.

São dez cachorros e dez famílias na lista de espera, priorizadas segundo a ordem de chegada. A número dez não escolhe, fica com o que sobra. É uma família de sobrenome Rodríguez. Dizem que precisam
de um cachorrinho porque estão passando maus bo-
cados, que deveriam ter prioridade. Ah, escuta aqui,
né? Por quê? O que aconteceu com eles?, pergunto
mais tarde a meu marido, que esteve conversando
com eles porque os conhece. Estamos todos almoçando no apartamento de meu pai. O padrasto deles
morreu, gostavam muito dele, diz meu marido. Ah.
Minha mãe morreu e não ando me lamentando por
aí. O que mais aconteceu com eles? A avó, Mamina,
também morreu. Você está de sacanagem comigo? As
avós de todos morrem, Totona morreu uns meses antes da minha mãe e nem por isso pretendo escolher o

cachorro. Preciso de um cachorro porque quero um cachorro. O que for para ser meu. Ponto. Meu pai ri do outro extremo da mesa. Minha irmã declara: veja como ri o outro filho da puta. Rosa olha para nós e se lamenta: são uma família de merda, qual é o problema de vocês? Meu marido diz: estão tristes e querem escolher um cachorrinho, por que isso te incomoda?

Me incomoda. Eu também estou triste.

Na minha família há um desprezo genético pela procura da felicidade. Algo em nosso núcleo originário fracassou. Temos insatisfação garantida. Totona, minha avó materna, quando via qualquer um de seus netos rindo, dizia: está contente, pobre infeliz. Como se qualquer estado de plenitude correspondesse a uma fase inferior do desenvolvimento.

Talvez Rosa tenha razão e sejamos uma família de merda, um caminho de lajotas soltas depois de um dia de chuva. Quando pisamos no lugar errado nossas palavras respingam como gotas de água suja, inesperadas, nojentas.

Irene, a psicóloga de Pedro, disse que podíamos passar a uma sessão por semana no lugar de duas, mas que temos que continuar. Tem alguns parafusos que ainda temos que ajustar, disse para mim e meu marido, fazendo um gesto de ajustar um parafuso. Pedro é justiceiro e sofre. Faz interpretações erradas dos fatos, transforma isso em certezas e sofre. Se sente ofendido. É muito sensível, tem uma grande profundidade e sofre.

A ideia é que tenha mais ferramentas e possa... administrar melhor seu sofrimento, eu completo em minha cabeça. Que, por exemplo, seja como os Rodríguez, que em vez de ficar com o sofrimento guardado, vão e exigem prioridade para escolher o cachorro. Irene tende a não terminar as frases, eu as termino depois, quando tento transmitir o que me disse. Entendo tudo.

No canil tem três fêmeas e sete machos. Nós somos o número dois na lista de espera e preferimos fêmea. Os Rodríguez, que são o número dez, querem fêmea, mas já não tem nenhuma. A menina dos Rodríguez faz uma cena de choro e contorcionismo. Queriam fêmea, precisam de fêmea. Já escolheram até o nome. A menina é muito sensível, dizem. Não é que tenha alguma coisa, esclarecem, é muito especial. Ah, não me diga. Meus filhos também são especiais, eu sou especial, e ainda não pusemos nome no cachorro. Meus filhos ficaram dois, três dias sem nome. Nunca fui dessas que escolhem o nome assim que engravidam. Eu precisei ver a carinha de meus filhos e pensar um pouco. Não temos pressa para definir como o cachorro vai se chamar.

Mónica é a dona do canil. Ama o que faz. Ama os cachorros e ama crianças com problemas porque pensa que pode salvar elas com os cachorros. Ama suas amigas e suas amigas a amam. E não só isso: os maridos de suas amigas e o seu marido se amam. Mónica ama alguns dos clientes que vêm comprar seus cachorros. Principalmente os que também a amam e dizem: você é um arraso, Moni. Outros, detesta. Moni não vende seus cachorros para qualquer um. Disso os Rodríguez sabem muito bem, sabem que têm que parecer especiais.

Em seu perfil do Facebook, Moni diz: minha tarefa é fácil, unir cachorros únicos com famílias extraordinárias. Uns dias depois, descubro que os Rodríguez se deram bem: Moni publicou uma foto da menina abraçada com um cachorro. Tem um sorriso enorme, e, desde a última vez que vi, um dente faltando. A legenda diz: "Luna já tem sua melhor amiga! Vida doce para essa dupla".

Nesse dia, quando saímos do canil, estava um pouco cansada da briga com os Rodríguez. Porque sorri para eles, mesmo quando a menina fez pirraça. Também sorri para Moni, embora ache sua energia positiva exaustiva.

Perguntei a meu marido: então? Como se vê com um cachorro? Na verdade tenho um cagaço... me disse. Mas você não sabe o que era a tua cara, estava cega, mais encantada que os meninos.

Lá em casa, Rosa e Elena dividem o quarto. Eu durmo com meu marido. O cachorro vai dormir com Pedro, o único que dorme sozinho.

8

Vou andando a pé pela rua Vicente López com Rosa. É nossa primeira consulta com a ginecologista infanto-juvenil. Estou a ponto de fazer com a doutora Patricia o repasse de comando sobre a contracepção e o sexo seguro da minha primogênita. Há sete meses tive com Rosa minha primeira e última conversa explícita a respeito disso. Contei para ela sobre todas as doenças que se pode pegar, o medo é muito eficaz. Também expliquei como é fácil ficar grávida. Sabe todas essas bolsas de estudo, cursos e universidades que te interessam? O medo outra vez, uma arma herdada, sórdida. Não é brincadeira, pode estragar a tua vida, insisto. Por último o importante. Além da responsabilidade, tente sempre fazer o que tiver vontade. Desejo mata medo. Medo mata vontade. Boa sorte, filhinha.

Vejo no celular em que altura da Vicente López é o consultório. 1857. É na metade da quadra. E se for no mesmo prédio onde atendia o obstetra que fez teu parto e o de teus irmãos?, digo para Rosa. Não seria supermeigo? Rosa revira os olhos, mas ri um pouco. É o mesmo prédio, mas é outro consultório. Acho muito meigo. Na sala de espera, o volume da música está alto. Toca *Highway to Hell*. Acho engraçado, comento com Rosa: olha o que tua ginecologista escuta. Depois *Like a Virgin*. Rimos de novo. Ponho no Twitter e o primeiro like é da mãe do namorado de Rosa.

Rosa não olha o Twitter. Entramos. A ginecologista pergunta duas vezes se a música nos incomoda e dizemos ao mesmo tempo que de jeito nenhum. Pergunta: Data da primeira menstruação? Por sorte não disse menarca, uma palavra horrível, rima com oligarca, parca. Rosa olha para mim, não sei... Com treze anos?, me pergunta. Ai, não sei. Foi no fim de semana que a avó morreu, lembra? Que ano era, me pergunta de novo. Começo a fazer contas de cabeça. Não quero que a gente pareça disfuncional, só sou ruim com datas. A doutora Patricia olha para nós com a caneta na mão. Pergunta se põe treze. Sim, acho que treze está bom, digo. Histórico de câncer na família? Ahhh, sim, a avó que morreu. A outra avó também, Rosa acrescenta. Certo. Mas ela se curou, deixo claro. Tem dor pré-menstrual? Sim, mas passa com Ibuprofeno. Ah, legal, disse a doutora Patricia. Depois nos mostra uma maquete desmontável de uma vagina. Indica com o dedo a diferença entre o orifício urinário e o ânus, explica, mostra o tubo elástico que conecta a vulva com o colo do útero, fala de fluxos, pregas, dor. Depois diz: vamos mais fundo. Trompas, ovários, útero, menstruação, fecundação. Não é legal?, comenta enquanto a monta novamente. E agora a anticoncepção. Tem mais alguma coisa que você queira me dizer?, sorri a doutora Patricia antes de pedir para que eu me retire. Com certeza Rosa vai te contar, mas, se por acaso se esquecer: nunca conseguiu pôr absorvente interno, não consegue tirar.

Durante todo o verão, o fato de Rosa não conseguir pôr absorvente interno me fez pensar que ainda não tinha tido relações sexuais com o namorado. Você é trouxa?, me disse uma amiga. Não entra um OB, mas o pau com certeza entra. Não me preocupo, respondi, o namorado é uma maravilha.

Saio para a sala de espera enquanto Rosa continua sua consulta sozinha. Mais cedo nesse dia, me mandou uma mensagem da escola para faltar no dia seguinte. ESTOU MUITO ESTRESSADA, escreveu em maiúsculas, para me convencer. Vi sua foto do perfil, aumentei, é uma selfie tirada de cima. Ela está deitada com sua camiseta do Nirvana levantada até debaixo dos peitos. Dá para ver o umbigo, o quadril e um pedaço da calcinha com moranguinhos que eu dei de presente. Está deitada num lençol que não é o de casa. É uma foto na cama depois de trepar com o Felipe ou antes de trepar com o Felipe ou onde trepará com o Felipe, porque esse lençol com listas azuis é lençol de menino. Não quero que Rosa publique fotos com marcas de que acaba de trepar. Não quero saber.

E aí? Gostou da doutora?, pergunto para ela enquanto voltamos a pé para casa.

9

O novo professor particular de inglês de Pedro é russo. Russo de onde, pergunto a ele. A essa, como a todas as perguntas que faço em nosso primeiro encontro, Iván responde: *it's a long story*. Nasceu em Moscou, mas passou a primeira infância com seus pais diplomatas em Cuba, onde se familiarizou com o idioma local. Lá aprendeu os fonemas básicos para pronunciar um espanhol aceitável. De Cuba voltou a Moscou, mas por pouco tempo; logo sua família teve que se exilar por motivos políticos, e o destino escolhido foi outra ilha, desta vez Chipre. Não somou o grego ao espanhol e ao russo porque se instalaram na parte turca, e a situação está ruim entre gregos e turcos, nos contou. Então, além de turco aprendeu inglês, porque fez seus estudos em um colégio britânico. Isso foi uma preparação para a universidade em Londres, onde estudou Política e Economia. Em seu currículo diz que depois esteve cumprindo um ano de serviço militar no exército de Chipre, onde aprendeu ordem, disciplina e pontualidade.

Para a entrevista que tivemos em casa chegou exatamente uma hora atrasado. Iván é o quarto professor que Pedro tem em dois anos. Perguntei o que estava fazendo aqui. Vim conhecer, me disse. *And I met Natalia in a* discoteca *in Palermo.* Então vou ficar um bom tempo. Moro com ela em La Matanza. *She is working class,* acrescenta. Depois pergunta: *I'm sorry to ask, but are you* ricaços? Disse que nos reconheceu porque seus pais também são ricaços. Não o chamam de Iván, mas de Vania, como todos os Iváns da Rússia. Pedro está cansado de trocar de professor o tempo todo; na verdade está cansado de ter aulas particulares de inglês. Diz que não precisa, mas eu digo que sim, precisa. Só quero que alguém fale inglês de verdade com ele e que ele escute.

Tenho que admitir que o inglês de Iván, o russo, não é tão de verdade, mas é um pouco melhor que o das *teachers* de seu colégio avançadinho, e se aproxima mais ao de Mrs. Wilkinson, a primeira professora que tive, aos onze anos, quando me tiraram de minha escola primária de avental branco e me mandaram ao colégio bilíngue de saia escocesa na zona norte de Buenos Aires. Isso é exatamente o que estou tentando evitar com Pedro. O trauma.

Ao contrário de Pedro, eu tive uma professora particular que se chamava Teresa, o mais próximo de uma professora de inglês que minha mãe pôde encontrar na região. Suas aulas eram na hora da *siesta*, às terças e quintas, e para chegar tínhamos que atravessar quilômetros e quilômetros de terra vermelha. Dessas aulas só me lembro das tangerinas. No intervalo eu subia na árvore de tangerinas e comia uma atrás da outra. Quando não era época, subia na árvore de ameixas, embora as tangerinas fossem muito mais saborosas. Não queria descer de nenhuma maneira. Não aprendi nada. No colégio novo, Mrs. Wilkinson me fez chorar antes das dez e vinte do primeiro dia de aula. E foi porque não entendia o que dizia, nada, nada, nada. Zero. E nunca gostei de não entender. Quando era pequena, tinha um dicionário na mesinha de cabeceira para procurar todas as minhas dúvidas de vocabulário, mas quando me mudaram de colégio tive que fazer um esforço para me adaptar a duas novas línguas, o inglês e o portenho.

Por que vai trocar o menino se aqui está feliz?, me perguntam as mães do colégio de Pedro. Meu pai, por outro lado, me pergunta quando vou mandar Pedro para um colégio sério. Rosa diz que sente um pouco de vergonha quando tem que dizer a suas amigas que Pedro estuda num colégio que se chama *Cielo Azul*. Para um jardim ok, mas não para um colégio, me diz. Por que não para de encher o saco? Deixe que vá aonde suas irmãs vão, insiste meu pai. Por sorte o tema da mudança de escola de Pedro está saindo de moda nas sobremesas familiares, já está no segundo ano e eu insisto em deixar ele ali. Mas continua dando voltas na minha cabeça. Por isso Iván vem todas as quintas-feiras para falar com ele em um inglês supostamente nativo, para o dia em que eu finalmente decida tirar ele do útero materno e obedeça à ordem de exilá-lo num colégio que não tenha nome de fenômeno meteorológico.

Na semana passada voltei ao colégio de minha adolescência. Volto com frequência, porque Rosa e Elena estudam ali. Enquanto Miss Adriana abria a cerimônia lendo um poema em inglês, senti que meu coração ficava apertado. Não entendi nada, como quando tinha onze anos. Ou quatorze. Ou dezessete. Ou quarenta e dois. Nunca entendi nada do que liam em inglês falando no microfone nessas cerimônias. No colégio descobri que havia muitas outras formas de solidão que eu desconhecia até aquele momento. Minha irmã, que também sofreu o transplante abrupto da terra vermelha para o cimento da cidade, olhava destemida para a frente. Digo em seu ouvido: está entendendo alguma coisa do que estão dizendo no microfone? Não sei se estou surda ou se tenho um bloqueio emocional. Me responde: não, não entendo uma vírgula. Que angústia, digo para ela, nunca entendi nada nestas *assemblies*. Me sinto tão desamparada, que filhos da puta, será que alguém entende? Para mim, ninguém entende nada. Você entende?, pergunto a outra mãe, sentada à minha direita. Não, nada, me diz. É ex-aluna como nós, então insisto: e antes, entendia?

Quando chegamos em casa com Pedro, Iván, o russo, já estava nos esperando. Tinha feito um chá e estava comendo bolo na cozinha. Meu marido acha que ele é um pouco folgado. Para mim, tudo certo. Iván e Pedro fizeram um "toca aqui" e se sentaram para colar as figurinhas dos jogadores no álbum da Copa América. *Did you get Messi?*, perguntou Iván. *Nou*, respondeu Pedro, em inglês.

Hoje de manhã, quando levei Pedro para a escola, estávamos subindo as escadas que dão para a sua sala. Parou, me olhou e disse: até aqui está bom, mãe. Quero entrar sozinho, não precisa me acompanhar. Foi bem claro, mas, por via das dúvidas, perguntei para ele: então, vou embora?

10

Meu pai foi à cerimônia de minha sobrinha Julia no colégio francês. É a primeira vez que vai ver um neto no colégio. Julia é persistente. Pergunto a ele como foi. Muito bem, responde. Era em francês? Não, ainda bem. E sobre o que era? Sobre bullying, me diz. E acrescenta: sabe que eu acho que fizeram bullying comigo?

Meu pai é o quarto filho homem de um casal que já não esperava filhos, muito menos um menino. Os filhos mais velhos já eram muito mais velhos. Então, para esperá-lo, prepararam um enxoval rosa e compraram bonecas. O mais impressionante é que usou tudo: os vestidos, as bonecas. Dormiu na cama com seus pais até que se cansou e tomou mamadeira até os sete anos. Aos oito seu pai, o dono de tudo, viajou para Buenos Aires para procurar uma professora. Conseguiu uma inglesa recém-exilada da Segunda Guerra, perfeita, mas com um inconveniente: seu rosto era horrível. Seu pai decidiu que era melhor mostrar para ele antes de tomar uma decisão, então viajou com a professora de forma condicional. Meu pai aceitou-a com toda a naturalidade. Acabou sendo uma professora inesquecível: Cynthia, a Feia. A que subia nas árvores e tinha boa pontaria para caçar passarinhos com o estilingue, as atividades preferidas de meu pai.

Meu pai nunca foi para uma escola primária. Certa vez perguntei para ele: não foi porque não tinha? A verdade é que não sei, ele disse. Depois de Cynthia, a Feia, várias outras professoras vieram, todas as que fossem necessárias para uma entrada bem-sucedida de meu pai no secundário. Com ela aprendeu a ler, a escrever, a ouvir concertos de música clássica, a jogar cartas, a falar inglês, a ser fã de Churchill. Aos treze anos o mandaram para um colégio marista em Buenos Aires. Sem escalas. Sem matizes. Uma mudança repentina de ecossistema. Do campo ao cimento. Da solidão aos quarenta colegas. De dar ordens a recebê-las. As histórias sobre seu desembarque na capital foram sempre vencedoras: ele era o que corria mais rápido, o que jogava bola melhor, o que tinha coragem de escalar descalço as grades do colégio de padres. Até que ontem ao meio-dia, enquanto almoçávamos, perguntei a ele como tinha sido no colégio de Júlia, disse surpreso: sabe que eu acho que fizeram bullying comigo? E, por um instante, ficou olhando através de mim a luz que entrava pelo vitrô.

Desde então, desde os treze anos, desde que o transplantaram, sempre teve um pé em cada lado. Um aqui e um lá. A adaptação continua. Depois de olhar para o nada durante mais alguns minutos, se recompôs de repente, interrompeu sua confissão e me disse: a verdade é que eu era um idiota.

Eu, que sou especialista em conversações mudas como ele, só respondi: sim, com certeza, pai.

À tarde levo Pedro ao tênis, mas não fico para ver a aula através da cerca de arame como sempre porque Pedro está crescendo mais rápido que eu. Já não precisa que fique de vigia enquanto ele tem aula. Então vou fumar um cigarro com outra mãe atrás de umas plantas. Ela se esconde do marido e da filha. Eu só me escondo de meu pai, mas é impossível que ele apareça: ele despreza os clubes e as pessoas que vão aos clubes. Na verdade, despreza quase tudo que não seja ele. Mas, por via das dúvidas, me escondo para fumar. Quando volto para pegar Pedro, ele me diz: me chamaram de perna de pau. Me criticaram. Vou desistir do tênis.

Não vai desistir de nada, digo para ele. Vamos conversar com o professor. Enquanto junta as bolas fluorescentes com uma espécie de carrinho de supermercado, diz para ele: você não é um perna de pau, Pedro. Benicio e Juan são dois meninos muito difíceis. Você não é um perna de pau. Eles são difíceis. Você vai encontrar muita gente difícil ao longo da tua vida. Eu vou ficar atento. Assim, na próxima vez que te incomodarem, diga para eles: cuida da tua vida e não me encha o saco. Esta última parte da recomendação do professor se revela reparadora. Para os dois. Caminhamos até o carro repetindo a última frase em diferentes tons: não mencha o saco. Nã mencha o sá. Não-me-encha-o-saco.

11

Ontem fui à casa funerária Zuccotti porque morreu o pai da Ema, uma colega de colégio de Pedro. Quando estávamos chegando, uma mãe que foi comigo me disse: minha criança interior quer sair correndo. Eu perguntei se atribuíamos isso à nossa criança interior. Eu também queria sair correndo. Ela me respondeu que depois de anos de terapia já havia deixado de pôr a culpa de tudo em sua mãe. Minha mãe teria me apoiado e dito mande uma linda carta para ela, minha filha: é domingo à noite, não saia. Minha mãe nunca queria que eu saísse. Mas minha mãe está morta, como o pai da Ema, embora não tenhamos feito velório para minha mãe.

Quando cheguei encontrei o universo familiar de todas as mães do colégio. Uma tinha estado ao lado do corpo vinte e quatro horas esperando que a mãe da Ema chegasse, tinha ido a Santiago do Chile em umas miniférias. Outra foi buscá-la em Ezeiza[7]. Outras duas se juntaram mais tarde e passaram a noite com ela e lhe deram vários Xanax, porque de madrugada a mãe da Ema teve crises, como de cinema.

Todas as mães-amigas da mãe da Ema estavam com olheiras depois de passar horas sem dormir, mas

---

[7] Ezeiza: aeroporto de Buenos Aires. (N. T.)

não paravam de contar às outras, as mães-não-amigas, pelo que tinham passado nessas trinta e seis horas. Contaram para nós que era o pai da Ema que fazia suas tranças de manhã, era ele que fazia os bolos de aniversário, que ia às reuniões de pais. Ema estava sozinha com seu pai quando ele morreu. Ela o viu estirado na sala de estar, jogou água no rosto dele e, como não acordava, pôs um travesseirinho embaixo da cabeça. O pai da Ema pesava uns cem quilos. Ema procurou um banquinho, abriu as quatro trancas da porta blindada de seu apartamento na região do Once e desceu para procurar José, o zelador. Depois disso, já não o viu mais. Nunca mais.

Eu não quis entrar na parte onde estava o caixão. O caixão está fechado, não se preocupe, me disse uma das mães-amigas, me encorajando a entrar; o corpo estava muito deteriorado, todo inchado, a cara vermelha, então pedimos que fechassem o caixão. Minha pressão baixou e disse para ela: já volto. Me fechei no banheiro e quis tirar a jaqueta, mas lembrei que por baixo estava com uma camisa com um nó que deixava meu umbigo à mostra e de manhã Rosa tinha me dito: que brega, mãe. Então fiquei de jaqueta.

Tentei averiguar o passado da mãe da Ema com as pessoas, mas não encontrei nada. As que lhe traziam água, as que abraçavam sua sogra, as que iam passar a noite com Ema, as que providenciavam os trâmites para o enterro em Chacarita, eram todas mães-amigas. Amigas novas. Recém-amigas. E as que falavam com as mães-amigas éramos nós, as não-amigas. Perguntei em voz baixa: quem é esse, quem é essa, esse? Como se chama essa? E aquele outro? Os desconhecidos eram poucos, com certeza colegas de trabalho, dele ou dela. Como era a mãe da Ema antes da Ema? O que fazia nos fins de semana? As temporadas sem namorados? Para onde ia no verão? Saía com outros casais quando era recém-casada? Onde estavam esses casais? Me entretive procurando pistas de alguma coisa, um colégio primário, secundário, alguma prima. Não encontrei nada. Me surpreende a capacidade de algumas pessoas de começar do zero. De montar uma vida nova. De se dar outra oportunidade. Para mim, o passado me persegue. De tempos em tempos me via na obrigação de me juntar a algum grupo, e quando alguém começava a contar de novo sobre o zelador, sobre o travesseirinho e sobre o caixão fechado, para não falar eu escutava agradecida, mas aos poucos não aguentava mais e me afastava para outro grupo. Não suporto a conversa de coquetéis, que viria a ser igual à dos velórios. No fim do mês tenho a reunião dos vinte e cinco anos de formatura e não vou, porque de lá também vou querer sair correndo, mas não tenho desculpas porque não é um velório. No último encontro, quando chegou sua vez de falar, uma amiga inventou que havia criado uma ONG para crianças com poucos recursos: não achou que suas conquistas reais estivessem à altura do que cada uma ia contando por turnos. Fiquei feliz de não ter ido. Também não sei mentir.

A mãe da Ema disse para ela: você quer ir ver o foguete? O foguete que vai levar o papai para uma estrelinha? Meu Deus, o foguete é o caixão, pensei. E uma mãe me perguntou: você, Ani, acredita? Outra disse que os psicólogos infantis estão cheios de crianças com pânico de viajar de avião, têm medo de encontrar todos os mortos no céu. Quando Pedro era menor, tentava ver minha mãe entre as nuvens. Depois esqueceu.

Tentei não olhar o celular durante o velório porque quando o pegava as mensagens não tinham nada a ver com a morte. E eu estava na casa funerária Zuccotti. Minha irmã caçula me mandou uma foto do cachorro, tinha acabado de cortar o pelo dele e queria saber se estava horrível. Uma amiga me consultou sobre preços de passagens para irmos algum fim de semana ao Rio de Janeiro. E se meu marido morre enquanto estou no Rio?

Também recebi o melhor convite que me fizeram em anos. Já se vão quatorze anos desde a última vez que pisei na faculdade de Ciências Sociais, quando fiz minha última matéria. Há quatorze anos estou devendo minha tese. A mensagem é de minha antiga companheira de estudos e dizia: fazemos a tese juntas? Embora estivesse em um velório, respondi: claro, sim, fazemos. Tem coisas, poucas, em que não preciso pensar muito.

Na volta, compartilhei o carro com as mães-não-amigas da mãe da Ema. Uma disse que em duas semanas ia viajar para Machu Picchu com o marido, mas que não aguentava mais ele. Que tinha medo de não ter o que conversar durante a viagem. Outra lhe disse: você vai achar uma conversa. Outra acrescentou: meninas, se ainda trepam, não se separem. É uma merda se separar. Se trepam, todo o resto se ajeita. São vinte e quatro anos de casada, respondeu ela. Passa a receita, lhe disse uma. Outra me disse: você também, Ani, diz aí, como conseguiu? Quantos anos?

Vinte anos. Não sei como fiz. Também não sei se fiz alguma coisa. Meu marido é desse tipo de pessoa que sempre traz algo bom. Não gosta de problemas, não sabe o que fazer com eles. Evita-os até que eles deixem de existir. Eu sempre fui um problema. Me diz hahaha. Traz boas notícias e me transformou em uma. Minhas amigas me dizem de tempos em tempos, surpreendidas: você se deu bem por acaso. Eu digo que não, que eu sabia. Mas quando no carro me perguntaram, você, Ani, como conseguiu?, não respondi e olhei pela janela.

Quando cheguei em casa fui fumar um cigarro na sacada. Eu gosto de não poder fumar dentro de casa. Eu gosto que fumar seja como suspender o tempo enquanto a vida cotidiana segue seu curso. Às vezes não sei se saio para fumar ou se fumo para ficar sozinha. Fiquei pensando que eu nunca tive uma crise de choro como nos filmes. Seria melhor ter? Que tipo de tumor estaria nutrindo por isso? Um que a mãe da Ema nunca terá?

No dia seguinte me puseram num novo grupo de Whatsapp. Eu li que se chamava Cenicienta, mas não, o nome era Cenita. Isso acontece o tempo todo comigo, ler qualquer coisa. O grupo de Whatsapp era formado pelas cinco mães-não-amigas que voltaram juntas de táxi do velório. Não sei se estou preparada para ter não-amigas novas. Prefiro as de sempre. Não sei se posso ser como a mãe da Ema. Coitada da mãe da Ema. Quando voltou de Santiago do Chile quis ver seu marido pela última vez, mas uma das mães-amigas, que é advogada e tinha sido encarregada de reconhecer o corpo no necrotério, disse para ela não, melhor que não o veja. Quando minha mãe morreu, meu pai dormiu a última noite com ela a seu lado, morta. Como não fizemos velório, esteve ali até o enterro. A última vez que a vi continuava em sua cama. Coitada da Ema.

12

A Chica chegou em casa. Escolhemos o nome todos juntos, embora não tenha tido unanimidade. Pedro queria que se chamasse Hermoso, e que fosse macho. Eu a aceitei com a mesma naturalidade que aceitei a minha primeira filha quando nasceu. A vida continua igual, ninguém parece mudar nada, ainda que no fim todos terminemos mudando tudo. Juntar cocôs de cachorro não é tão grave, afinal. Trocar fraldas de bebê a qualquer hora também não. Pareço ter nascido para ter filhos, casa, cachorro.

Nunca vou me esquecer como minha mãe me olhou com admiração depois do nascimento de Rosa. Nunca antes nem depois alguém me olhou assim. É impressionante como você se sai bem, me disse surpreendida e sentindo-se prescindível. Eu a tinha pegado desprevenida. Era verdade, não precisava dela, não precisava de ninguém além de meu bebê para descobrir, enquanto me desenvolvia com soltura, coisa que até esse momento tinha evitado. Estava cômoda. Uma sensação de bem-estar desconhecida se apoderou de mim. Ser mãe se converteu em um vício, em uma droga estimulante, em uma dependência.

Ontem, enquanto fritava um bife para mim, Susi me perguntou: Ana, e vai fazer um livro ou não? Respondi talvez sim para não decepcioná-la e para que pense que faço alguma coisa séria enquanto todas as manhãs ela arruma as camas, limpa os banheiros, lava a roupa, prepara a comida e eu, por minha parte, estou sentada na frente de meu computador. Ela trabalha. Eu não.

Quero ler esse livro. Quero ser a primeira a ler esse livro. Sou tua fã. Mas para isso vou precisar de um fim de semana livre. Eu ri e depois pensei: mas se tem todos os fins de semana livres. Não disse porque não tinha vontade de conversar enquanto comia meu bife. Susi trabalha em casa há nove anos. Disse que vai filmar com seu celular quando discutimos com meu marido, vai fazer um reality e vai ficar rica. É verdade que é minha fã.

Antes de pedir demissão, nos formulários onde perguntam a profissão punha REDATORA. É o que fiz durante dezoito anos no escritório ou em casa quando trazia trabalho freelance: redigir textos de publicidade ou de comunicação institucional.

Penso que escrever é inútil.

Faz um tempo comecei a pôr dona de casa. Outro dia, quando preenchi a admissão na Biblioteca Nacional para consultar manuais de economia doméstica, pus em letras maiúsculas indignada: DONA DE CASA. Minha companheira de tese me olhou, riu e me disse deixe de se castigar. Eu lhe disse: não, sou meu próprio objeto de estudo. Tenho gravado na memória tudo o que dizem esses manuais. Ainda que se suponha que minha mãe fosse socióloga e feminista, me treinou para isso. Porque minha avó, que era combativa e professora de francês, treinou ela para isso. Simones de Beauvoir em versão caseira. Minhas amigas me perguntam: como tiro esta mancha? Quanto dura na geladeira uma alcachofra cozida? Se está com 37 pode ir ao jardim? Posso pôr este vestido na máquina de lavar? Me passa tua receita de cuscuz.

Minha mãe se saía bem em muitas coisas. De todas, não sei qual curtia. Sabia ajudar o próximo, dar conselhos sábios e manipular: tinha uma intuição devastadora. Era uma mãe implacável; para ela a exigência era amor. Era hábil em dirigir e dar ordens; embora não quisesse, seu reino era a sua casa. Sabia limpar, desinfetar, esterilizar. Ventilar, sacudir, organizar. Quando passava uma receita, dizia: um fio disto, um pouco daquilo, uma pitada disso. Tinha pouca paciência. Quase ninguém se dava conta de seu caráter ruim; seu sorriso era encantador. Entre todas as coisas que me ensinou, não conseguiu me contagiar com sua visão e missão de esposa devota. Esse era seu maior talento. Sempre me dizia, referindo-se a meu marido: não deixe um homem sozinho. Não me enche o saco, mãe, ele que faça o que quiser, respondia para ela com desprezo.

Hoje estive analisando um manual de 1923 que se chama *Para meu Lar*. No capítulo oito diz que a avareza, a raiva, o alcoolismo e o abandono são paixões peculiares dos velhos, assim como a sensualidade e a arrogância são dos jovens. Tirei uma foto do parágrafo com o celular e mandei para meus irmãos e perguntei a eles de onde eles tinham tirado que aos setenta e oito meu pai deveria ter se transformado em um velho experiente e sábio. Tudo é questão de expectativas.

Pedro fez uma lista no Spotify que se chama Babaca e vagal. Pôs Eminem, Beatles, Stones, Michael e um ou outro hit da rádio. Tem bom gosto. Escuta essa lista o dia inteiro olhando fixo para o computador. Às vezes acho que ser menino é mais simples.

Meu irmão arquiteto me trouxe de presente um livro que acha que poderia servir para minha tese, se chama *Quem cozinhava o jantar para Adam Smith? Uma história das mulheres e da economia*. Achei interessante e disse sim, vai servir. Li a contracapa. Era sua mãe. A que sempre fazia o jantar para Adam Smith era sua mãe.

13

Pedro disse que era o pior dia de sua vida porque:

1 – Não pôde convidar nenhum amigo.

2 – Rosa enxotou ele de seu quarto.

3 – Quando jogou a bola, a cachorra nem sequer foi procurar.

Nem mesmo a cachorra. Pedro tem muitos piores dias de sua vida. Se ofende até a morte. Quando Rosa enxotou ele do quarto, sentou-se no vão da porta, do lado de fora, e disse: este não é teu quarto, aqui já não posso te incomodar. Rosa começou a gritar sai daqui seu pentelho de merda, eu vou contar pra mãe. Eu me aproximei e vi ele ali rebelde, de pernas e braços e olhos cruzados. Talvez também fosse um de meus piores dias porque não tive paciência; disse: vamos, Pedro, sai daí agora mesmo. E não abracei ele. Não o abracei apesar de que, quando o vi, vi a mim mesma, fazendo exatamente o mesmo no vão da porta do quarto de meus pais.

Quando pequena, tinha pesadelos quase todas as noites, ou muitas noites, levantava da minha cama e procurava o consolo de minha mãe. Ela me expulsava do quarto. Em um sussurro fulminante me dizia: sssaidaqui. E me mostrava a saída com o dedo. Isso queria dizer fora daqui: já.

E eu recuava, mas só até a porta, e ficava do lado de fora, chorando baixinho. Na casa vazia e fria, se escutava meu choro baixinho. Então minha mãe, de sua cama, voltava a dizer com mais ênfase: sssaidaqui. E eu respondia para ela o mesmo que Pedro para Rosa: aqui não é teu quarto, então não te incomodo.

Meus pesadelos eram com a Malévola, a bruxa de *A bela adormecida*, e sempre eram no inverno. No inverno a casa onde eu nasci me parecia desconhecida e melancólica, sentia falta de meus irmãos que já não moravam lá. No verão a casa voltava a se encher de gente e já não tinha medo. No inverno sonhava que a luz era cortada, porque naquela casa a luz sempre era cortada, e eu fixava o olhar nos interruptores, que eram fluorescentes, enquanto minha garganta pulsava. Malévola aparecia quando meus olhos se habituavam à escuridão. Reconhecia sua silhueta com chifres. Vinha até minha cama e me imobilizava no seu colo com a cinta de couro de meu pai, a mesma que usava para nos ameaçar na hora da *siesta* quando eu e meus irmãos fazíamos barulho. No sonho, Malévola me fazia cócegas até me deixar sem respiração, à beira da morte. Eu sempre acordava antes de morrer e ia para o quarto de minha mãe, que me mandava de volta para a cama. Meus irmãos faziam comigo a mesma coisa que a Malévola quando brincávamos de guerra de cócegas, mas nesses casos eu concordava, embora também me sentisse à beira da morte.

O mais importante era que meus irmãos quisessem brincar comigo. Outro dia vimos uns vídeos antigos que meu pai recuperou e mandou digitalizar. Na tela estamos meus três irmãos e eu, com três anos, escorregando em um tobogã laranja. Minha irmã caçula ainda não tinha nascido. Eu ria, subia e descia do tobogã me revezando com os mais velhos. Minha irmã mais velha disse: olha, Ana, você era feliz. E eu disse: porque ainda não tinha ido viver em Buenos Aires. Se virou, me olhou e me disse: coitada, nunca me dei conta.

De madrugada morreu o sogro de minha irmã mais velha. Não sei se devo levar Pedro ao enterro, tenho medo de que voltem seus pesadelos. Os pesadelos recorrentes de Pedro são com o palhaço da praça. Sonha que o palhaço entra na nossa casa com uma moto e ri. Eu digo para ele que as motos não entram nos elevadores e é impossível que o palhaço entre no prédio com uma moto, é proibido, mas depois fico dormindo em sua cama. Meu marido não gosta dessa divisão de camas. Quando voltávamos para casa de carro no domingo à tarde, vi o palhaço com seu nariz vermelho, seu macacão verde e de capacete descendo de uma moto e estacionando-a no canto da praça. Foi estranho. Fazia anos que não o via. É um palhaço velho, com a maquiagem borrada. Nunca o vi de moto. Disse a meu marido olha, olha, é o palhaço. Pedro não inventou, é verdade que tem moto.

Fiquei imaginando ele acelerando a moto com barulho sobre o parquet do corredor de casa, olhando para Pedro e para mim com cara de assassino. Também senti medo. Me virei para ver se Pedro também o havia visto, mas dormia no assento de trás do carro. Quando chegamos em casa, contei para ele: Pedro, o avô dos teus primos morreu, era velho e estava muito doente. Me disse: quero ir ao enterro, nunca fui a nenhum. Eu pensei que já tinha ido a um, o de minha mãe. Nesse tempo ainda era loiro, ainda de colo em colo, sobretudo no meu, e apesar disso parecia entender tudo. Preferi não lembrar disso. Depois de um tempo disse: ainda bem que o nosso avô continua vivo.

14

Li o diário de Rosa. Em minha defesa devo dizer que não foi premeditado. Estava arrumando a sala de estar e encontrei um caderninho que abri para saber de quem era e qual era seu lugar na casa. Em casa, todos temos cadernos. Depois de ler várias páginas, deixei onde estava. Decidi não arrumá-lo. Impossível arrumar seu caminho para a vida adulta.

Segundo o diário, Rosa sofre por amor. Tem dias que chora de noite. Na maioria dos dias é feliz. Fumou um baseado no telhado da casa de seu namorado. Fumou um baseado na piscina de sua prima. Fumou um baseado num churrasco. Seu namorado fuma mais que ela. Acha que seu namorado lhe faz mal. Acha que seu namorado lhe faz bem. Está descobrindo que o amor é a mistura das duas coisas. Sabe que as palavras certas no momento certo produzem algo parecido com a felicidade. Descobriu que as palavras mais cafonas são as mais bonitas. Pensou que tinha fobia a paus, mas agora ela gosta. "Yeah!" Se emocionou quando viu Pedro atuando de rato, chorou duas vezes. Se sente incomodada com a postura política de seu namorado. Foi à casa de seu namorado, pôs: tomamos banho (não juntos). Talvez ache, como eu, que isso de tomar banho juntos é um péssimo plano romântico. Às vezes quer ficar sozinha. Num dia escreveu: vida sexual um touch frustrante. No outro dia escreveu: chove a cântaros. E em outro: cheguei a gostar mais dele do que achei que gostaria, não paro de me surpreender. E depois: a relação vai durar mais do que eu pensei.

Se pergunta se é insensível. Escreve *SEXUAL ROMANCING* em letras maiúsculas. Faz muitos desenhos de garotas nuas. Escreve uma frase de Picasso: "Painting is just another way of keeping a diary". Escreveu assim, em inglês, embora Picasso fosse espanhol. Colou uma entrada do Malba[8], a passagem de avião do intercâmbio escolar para a Austrália, a entrada da rave de Punta Carrasco onde dizia "Proibida a entrada a menores de 18 anos". Ainda não completou 18 anos. Viu *Joy*. Viu *Gilmore Girls*. Leu *Orgulho e preconceito*. Conta poucas coisas de seu namorado para suas amigas, para que não a pressionem. Sabe que algumas decisões são irreversíveis. Sabe que as decisões são suas. Sabe que o tempo sempre corre para frente. Sabe que nada volta a ser igual. Pensa muito. Acha que é um sinal ruim que seu namorado não diga para ela que está linda. Tem razão, os namorados têm que dizer você está linda, até o fim. Desenhou um rosto com os olhos fechados: os olhos parecem cicatrizes. Antes ia dormir sorrindo. Agora menos. Pergunta para seu namorado por What-

---

[8] Malba: Museu de Arte Latino-Americana de Buenos Aires. (N. T.)

sapp: certeza que está tudo bem? Ele responde beleza e quero ir dormir. Na última página, sem data, tem um desenho de uma garota se olhando no espelho e umas letras grossas que dizem "as mil e uma dúvidas existenciais (e o que fazer da minha vida)", assim, entre parêntesis. A palavra *mãe* não aparece uma só vez em todo o diário. O diário de Rosa está escrito e desenhado com tinta rosa, tinta preta, tinta roxa.

Lembro-me bem do dia em que nasceu. Na manhã de um 4 de novembro de 1998 a bolsa estourou. Não me preocupei. Tomei banho no único banheiro de nosso apartamento alugado na avenida Santa Fé e arrumei a bolsa, como indicava meu livro *Estou grávida, o que devo saber?* Meu marido me levou ao hospital Otamendi. Me encontrei com a parteira Zulma. Não tinha dilatação nem contrações suficientes. Me deram um remédio em gotas. Rosa nasceu com fórceps porque estava olhando para cima. Os bebês não têm que olhar para cima quando nascem, aprendi nesse dia. E a partir desse dia, mil coisas mais. Rosa tinha os olhos negros e bem abertos. Parecia vir de longe, com uma experiência acumulada por séculos.

Não era bonita, mas eu a achei linda. Há pouco estava vendo fotos com uma amiga e encontrei uma desse dia. Na foto Rosa está com um cabelo preto denso e o rosto avermelhado pelo fórceps que usaram para ela sair. Eu a seguro levantada: só se vê meu cabelo, que também é preto. Estou inclinada na sua direção, estamos cara a cara. Desde esse dia continuamos nos olhando fixamente.

Hoje às nove encontrei seu diário. Transcrevi para o meu. Depois deixei seu caderno onde encontrei, não tive mais nada para arrumar. Fui para o pilates. O professor me disse: está muito calada hoje.

15

Meu marido foi para Bariloche esquiar com Elena e Pedro. Rosa foi viajar com os formandos. Susi foi visitar seus filhos em Salta. Eu fiquei sozinha em casa. Sozinha com a Chica, o que não é tão sozinha assim, mas é o mais sozinha que estive em muito tempo, desde que me casei.

Não gosto de esquiar. Me cansa explicar o porquê. Fui uma vez e não deu certo. Me falta vitalidade para suportar o frio e o exercício. E paciência para lidar com a solenidade dos esquiadores, juntos em ritmos e rituais aos quais me sinto alheia. Não entendo o mistério da montanha, me causa o mesmo que quando não podia resolver os problemas de matemática na escola: uma nuvem de isolamento, desconfiança, frustração. E, finalmente, raiva. As pessoas me dizem por que, ao menos, não contemplo a paisagem, os picos nevados, os lagos. Como não aproveito o aconchego familiar de todos apinhados em um chalé. Sinto que falhei. Detesto esquiar.

À noite, enquanto Rosa arruma a mala, fiz minha primeira saída em liberdade. Pouca liberdade. E pouco tempo. Tive que voltar num horário fixo de madrugada para levar Rosa a Ezeiza. Quando entrei em casa, vi que seu namorado estava indo ao banheiro com um objeto transparente. Pensei que seriam camisinhas usadas numa sacola, alguma coisa assim. Depois de alguns instantes, achei ok. Assim que me despedi de Rosa no aeroporto e dei nela um abraço apertado desejando boa viagem, assim que conversei com todas as mães, assim que caminhei sozinha pelo estacionamento e senti o frio da madrugada nas costas, me dei conta. O que o namorado de Rosa levou ao banheiro, escondido, era uma garrafa de vodca. Estava colocando em frascos de xampu e de creme para que Rosa pudesse tomar com as amigas antes de ir para a balada. É uma tradição. Tomar vodca no quarto de hotel no bico de frascos de cosméticos. Em geral sou assim, de processos lentos. A superpergunta, a resposta brilhante, a reação apropriada, só me ocorrem mais tarde. Mandei uma mensagem para ela e disse você pensa que sou idiota, claro que eu percebi que você estava traficando álcool com Felipe. Cuide-se, faça-me o favor. Ela me respondeu com um emoticon que chora de tanto rir.

No fim de semana inteiro não fiz a cama nem virei o pijama: o usei um dia do lado direito, um dia do avesso, como estava do dia anterior. Não cozinhei, nem comi frutas, queijos, iogurtes com cereais e chocolate amargo. Não li nem vi séries. Não convidei pessoas. Não avancei na tese. Levei a Chica para passear. Limpei mijo e cocô porque ainda não aprendeu. Saí para tomar um sorvete. Levei a Chica, acho que fica entediada de ficar tanto tempo em casa. Não realizei minhas fantasias. Não me sinto livre. Sinto culpa até com o cachorro. Meu irmão me pergunta onde você está pelo Whatsapp. Meu marido me pergunta onde você está pelo Whatsapp. Minha cunhada me pergunta onde você está pelo Whatsapp. Minhas amigas também. Me incomodo.

A medida do sucesso de meus dias: quando demoro para fumar meu primeiro cigarro. Quanto mais demoro, melhor. Me reuni com minha colega para fazer a tese. Ela escreveu onze páginas, eu duas. Me pediu que corrigisse sua parte, que não queria me incomodar ideologicamente. Corrigi um monte de coisas e elogiei outras, eu li para ela minha parte e ela só disse: bom.

Meu marido me manda fotos dos meninos na montanha; impossível saber se estão felizes, estão com o rosto tapado. As mães que acompanharam os formandos também mandam fotos. Não reconheço ninguém.

São mil corpos jovens seminus na praia, na piscina, em um barco. Empilhados. Me fazem lembrar de refugiados de uma tragédia.

A Chica me persegue por todos os lados, até deixo ela entrar quando tomo banho. De repente canto para ela músicas de Maria Elena Walsh que não cantava há anos. Dorme comigo. Mandei uma foto dela deitada na banqueta do meu quarto para meu marido e me disse nem pensar, esteja avisada. Entrei e saí muitas vezes. Cada vez que saí fiquei com pena de deixá-la sozinha e cada vez que voltei disse oi lindona e veio me receber feliz.

Lucia Berlin disse em um de seus contos: meus filhos me fazem bem. Fico contente quando leio a frase. Os meus me fazem bem. Eu acho que eles são divertidos, originais e o suficientemente sombrios. Pedro me escreve por Whatsapp. Diz que já esquia em pistas negras e que poderia morrer. É o dia da primavera, estou de bom humor embora tenha sido um dia de merda. Aqui em Buenos Aires não te deixam entrar com cachorro em nenhum lugar, nem nas praças, e eu não sou muito boa em infringir normas. Me trataram mal. Poder aguentar a merda me deixa de bom humor.

Acho que da próxima vez que meu marido sair de férias com os meninos vou dizer a ele que leve também a Chica. Estar sozinha com a Chica é continuar amarrada à vida doméstica. Continuo tendo que cumprir horários, rotinas. Continuo tendo alguém que depende de mim. E é exatamente isso que quero que mude. Quero enfrentar a solidão que há tempos sinto, às vezes, como um vazio ardente, e outras como um espaço em branco, que se manifeste na realidade com crueza, sem artifícios, sem desculpas.

Fui ao ginecologista. Me disse: teu útero já recuperou o tamanho normal. Há pouco, pensei. Como tudo demora. Gostei de saber que tenho o útero diminuído. Sonhei coisas lindas duas vezes e lembrei delas no dia seguinte. Tomei uma garrafa de vinho em cinco dias, muito menos do que tomo quando estão todos.

Pude abri-la sozinha. Sempre tenho um pouco de dificuldade. Machuquei a mão. Toda a roupa que usei está jogada. No meu quarto tenho uma montanha de casacos, leves e pesados: o tempo esteve louco.

À noite, antes de que chegassem todos, encontrei o alto-falante que estava procurando durante dias, pus a lista do Spotify que montei para a festa de cinquenta anos do meu irmão mais velho e dancei algumas músicas. A Chica me olhou. Foi uma noite bonita. No dia seguinte fui duas vezes ao aeroporto. Ao meio-dia busquei Rosa. Dei um beijo nela e percebi que estava com febre. Me disse que queria que fizesse uma comida de verdade e também me disse: foi divertido. Fiz um bife com ovo frito e perguntei a ela quem se apaixonou pelo coordenador. Me olhou e me disse: não pode, é proibido.

Mais tarde aterrissaram meu marido, Pedro e Elena. Elena veio correndo e me cumprimentou primeiro, com um sorrisinho que ressoa. Está alegre. Elena ilumina tudo ao seu redor, um poder pouco frequente. Muitas vezes olho para ela e penso que é um milagre. Quando meu marido me abraçou, disse: sentiu nossa falta? Eu disse que sim. Fiz umas brincadeiras, as crianças riram no assento de trás, me virei, ri com elas e vi que o dente de Pedro que caiu há dois meses não cresceu nada. Como tudo é lento. A Chica voltou a dormir na cozinha.

16

Você está tirando espinhos dos olhos?, Pedro perguntou quando me viu com a pinça de sobrancelha em frente ao espelho. Eu acho que Pedro é poeta. Quando pergunto o que quer ser quando crescer, me responde vagabundo. Assim que talvez seja poeta.

Neste novembro coisas estão acontecendo. Rosa fez dezoito anos; não sei bem o que isso quer dizer. Que você já não é uma mãe jovem, me disse uma amiga. Escrevi uma carta para ela pouco inspirada, estava com sono e não aguentei até a meia-noite. Cedo pela manhã eu a dei para ela e vi que a leu várias vezes, no dia seguinte, no outro e no outro. Meu marido me disse: por que não assinou mamãe e papai? Porque fui eu que escrevi, não posso ficar falando o dia todo no plural. Ele gosta que quando eu penso em algo diga nós pensamos, nós fizemos, nós vamos.

Veio a menstruação de Elena. Me mandou uma mensagem do colégio e me pediu para ir buscá-la. Quando veio para mim, não contei para a minha mãe, contei para a minha irmã mais velha. E quando veio para a minha irmã caçula, ela não contou para a minha mãe, contou para mim. Segundo ela, a única coisa que eu disse foi: se fodeu. Nem sequer lhe expliquei como usar os absorventes e, durante meses, ela punha com o adesivo do lado errado. Hoje, quando contei para ela que Elena tinha ficado menstruada, me disse: tenta ser um pouco mais delicada do que quando veio para mim. Veio para Elena e ela não contou para sua irmã mais velha. Contou para mim. Eu deixei o que estava fazendo e o que ia fazer e fui buscá-la. Não conversamos muito no caminho de volta.

Quando saímos do elevador, Pedro me disse: viu como é triste quando uma série termina? Disse que sim, o mesmo acontece comigo quando termino de ler um livro. Este ano Rosa termina o ensino médio. Elena termina o ensino fundamental. Pedro nada em especial, só o segundo ano. Ele quer que fique claro. Não gosta quando as pessoas acham que vai para o primeiro. E você, que série terminou?, perguntei para ele. A do Pokémon.

Minha psicóloga me disse o que você acha de darmos um tempo. Há meses se transformou em uma tia velha. Tudo bem, disse para ela, aproveitamos as festas, fim de ano, tudo vai terminando definitivamente. Digo e não me dói. Já não a suporto. Mas mais tarde, quando conto para meu marido, sinto um instante de autocompaixão. Me lembro de seus sapatos de salto 34 ou 35, que quando está sentada por pouco não tocam o chão, e passa rápido. Não confio em gente com pés pequenos. Uma vez me disse: tenho uma irmã gêmea, somos idênticas. Te aviso porque se alguma vez você cruzar comigo na rua e não te cumprimentar, é porque não sou eu. Dois pares de pés pequenos com salto. Espero não encontrar com nenhuma.

Para os dezoito anos de Rosa fizemos uma festa em casa. Convidamos cinquenta amigos e alugamos um karaokê. Dançaram. Os vizinhos não reclamaram porque avisamos todos com uma carta emotiva. Meu marido e eu fizemos um balcão de bebidas alcoólicas. Fazer dezoito anos quer dizer, também, que já não tenho que fingir que não vejo quando bebe. Compramos vodca, fernet e cerveja. Só um ficou bêbado. Acho que quando as coisas não são proibidas tudo se ajeita. Em um churrasco de domingo, discuti com minhas amigas sobre o aborto. Elas são contra a legalização. Eu sou a favor. Me falaram da vida. Fui para a piscina. Me disseram olha o que é a Rosa. Maravilhosa. E se tivesse abortado, hein? Eu não respondi que Rosa é maravilhosa porque sempre a quis. Eu não sabia disso, mas sempre a quis. Logo será a cerimônia de graduação. Quando penso nisso, choro. Na minha cerimônia de graduação também chorei; tocaram a música *Carruagens de fogo* quando entramos no salão.

Você parece mais jovem, me dizem sempre. Talvez porque vou devagar, demoro, sou lenta. Nada de antes eu gosto mais do que agora e do que continua e do que vem depois. Não tenho paraíso perdido, não tenho para onde voltar, mas tenho um segredo: uma cabeça cheia de fios brancos, um cabelo branco que pinto a cada quatorze dias. Sou vaidosa. Também com o tempo. Provoco-o, passo delineador nos olhos. O rímel à prova d'água nunca funciona. Nenhum rímel funciona.

Pedro me disse: sabia que depois do sofrimento ficamos mais fortes? Como você sabe disso?, perguntei a ele. Como os Pokémons: evoluem depois das batalhas. Também me perguntou: por que em nosso prédio puseram um elevador automático e no outro deixaram o antigo? Para que fique de lembrança? Gosto de conversar com Pedro.

17

Agora há pouco Rosa me disse: terminei com o Felipe. Meus olhos se encheram de lágrimas e disse para ela: justo antes da tua festa de formatura? Não podia esperar? Como não me avisou? E agora? Deveria ter me consultado.

Não perguntei para ela como se sentia. Pensei que já havia me livrado da dor espantosa que provocam as rupturas amorosas. Mas mais uma vez me enganei. Ninguém me avisou que ia reviver isso uma e outra vez através de meus filhos. Estreei hoje, enquanto tomávamos um chá, a sós, frente a frente. Disse para ela: as filhas não deveriam ter namorados. E agora? Não o vejo mais? Rosa zoou de meus olhos vermelhos e disse tchau, vou pro balé. Eu me levantei, fui ao banheiro e chorei.

Elena viajou com seus colegas para um centro de meio ambiente em Córdoba como viagem de fim de ano. O plano é caminhar pelas colinas, escutar o vento, registrar o canto dos pássaros e escrever um diário com observações. É como um retiro espiritual, expliquei para uma amiga outro dia, nada mais que adorar a natureza em vez de Deus. A natureza é Deus, me respondeu.

Meu pai me manda fotos das paisagens que vê quando sai para caminhar. São sempre as mesmas: o céu laranja ou rosa do entardecer, as árvores do caminho e seu reflexo exato na água imóvel da lagoa. A vida e seu espelho. Digo para ele que são muito lindas. Tirei quando fui ver a tua mãe, me conta. Não respondo porque me incomoda que faça isso, que cada vez que vai ao cemitério diga que foi ver a minha mãe. Acrescenta: um dia desses me entusiasmo e fico.

Lá se vão cinco anos desde que minha mãe morreu. Seu guarda-roupa continua intacto. Também sua mesinha de cabeceira e a penteadeira com cremes, maquiagem e perfumes. Quando preciso de uma lixa de unhas, por exemplo, sei onde encontrar uma. Meu pai nos pede por favor que a gente esvazie tudo, que a gente reparta suas coisas, mas minhas irmãs e eu dizemos para ele sim, sim, e depois nunca nos organizamos. Não sei o que pensam minhas irmãs. Eu gosto assim, prefiro que a minha mãe não desapareça.

Pedro perguntou na terapia se os pesadelos podiam durar para sempre. A psicóloga disse que não, que o bom dos pesadelos é que são tão ruins que te despertam e você se dá conta de que não são reais. Me olhou e eu disse: claro. Nós duas sabemos que é mentira.

Este ano pela primeira vez desde que tenho filhos não montei a árvore de Natal. Era um dos meus rituais favoritos. Agora o fim de ano me incomoda. Pedi a Susi que tirasse a árvore do baú e disse para as crianças: comecem que eu já vou. Nunca fui. Depois apareceu Pedro e disse: me deixaram sozinho. Todos os dias, quando anoitece, Pedro se abaixa e liga na tomada os dois fios de luz que eu tiro da tomada na manhã seguinte.

Não gosto das manhãs. Nasci com as doze badaladas, à meia-noite de um dia de outono, a estação mais indecisa. Quando me casei, deixei a mesinha de cabeceira da minha casa materna intacta. Quando pedi demissão do meu trabalho, deixei todos os meus cadernos e os meus livros, nunca passei para pegá-los. Deixo sempre um sapato lá, como a Cinderela, por se acaso me der vontade de voltar. Não sei se é uma boa estratégia pensar que isso é possível.

Às vezes tenho uma sensação de despedida antecipada: última vez que estamos todos, última vez que passo por esta porta, última vez que olho para esta paisagem. Quase nunca funciona. Minhas despedidas antecipadas, teatrais, não são verdadeiras. O que eu menos gosto dos finais é que passem sem dor nem glória, como a vida em geral. Eu os suspendo, como se isso fosse possível. Como quem sai do quarto sem apagar a luz. Certa vez terminei com um namorado, tivemos a conversa, choramos e quando fui ao banheiro me arrumar no espelho deixei minhas duas presilhas de cabelo ao lado da pia. Umas semanas mais tarde nos reconciliamos, estávamos deitados na poltrona de sua sala de estar e me disse: não pense que não percebi que você deixou tuas fivelas de propósito. Estava me avisando que ia voltar. Eu ri.

18

Meu marido anunciou na mesa: tenho algo para dizer a vocês e vocês não vão gostar: acho que a Chica gosta mais de mim do que de vocês. Ah é?, disse, agora vamos ver. Ficamos um ao lado do outro e a chamamos. Eu usei minha voz aguda. Chica não hesitou nem um segundo e se meteu entre as minhas pernas. Viu?, disse para ele.

As crianças quiseram competir entre elas, me pareceu uma má ideia, mas já não podia fazer nada. Como em outras vezes, tinha dado o mau exemplo. Ficaram a uma mesma distância e começaram a chamá-la usando todo tipo de entonações atrativas. Chica, Chiquita, vem, meu bebê.

Chica avançou até a metade do caminho, parou em frente de Pedro. Olhou para os três. Senti medo, não queria que escolhesse nenhum. Deu meia-volta, me olhou. Eu fiquei imóvel, talvez até tenha prendido a respiração. Por fim, deu ré até voltar a se meter entre as minhas pernas. Mesmo assim Pedro começou a dar pontapés em Elena enquanto dizia para ela: ficou mais perto de me escolher, não você.

A psicóloga de Pedro me disse: parabéns, você criou três filhos únicos, não há nenhum acima do outro. Minha mãe sempre me dizia o mesmo, mas não era um elogio. Achava que eu não criava bem as crianças e que não estava forjando a determinação para viver em condições adversas e, se fosse necessária, a capacidade de resignação. Por isso, na minha família, por outro lado, imperava a lei do galinheiro: o de cima caga no de baixo. Somos cinco irmãos, eu sou a quarta. Houve uma época, quando os três mais velhos foram para Buenos Aires, que poderia ter sido filha única, ou a mais velha depois, mas não funcionou. Apenas fiquei sozinha.

Se aproxima o fim do ano. Recebi uma mensagem de felicidades. Minha meta para o próximo ano – dizia o áudio que minha amiga separada me mandou às 6h35 da manhã – é encontrar um marido como o teu, no mínimo. Você é o máximo, te amo muito e que passe as festas divinamente com essa família maravilhosa que você tem. Meu marido, como a Chica, sempre me escolhe.

Pedro me disse: minha vida de criança é eterna. E como é, perguntei para ele. Assim, vivendo em uma casa e sendo normal.

Fui à homeopata. Me fale de você, Ana, como você está? É muito reservada, é muito difícil saber, cuide de você mesma. Todos sempre daqui pra lá e você ali, sempre ali, sempre ali. O que vê? Nunca pensou? Qual é o teu desejo, Ana? Não se pode ter tudo, não é? Ninguém tem tudo. Tem que ver o que é mais importante. Há um compartimento. Me entende? Um diferente, está aí. Me levanto, é a vez de Elena. A homeopata pede que eu fique uns minutos. Elena diz para ela que sua cabeça não dói. Eu digo sim, Elena, está me zoando? Quase todos os dias você sente dor. Discutimos na frente da doutora. Elena diz que não tem preocupações e a doutora me diz: e... o que você esperava, Ana, é tua filha.

Recebi outra mensagem de fim de ano, desta vez de alguém que mal me conhece. Ana, como estava divertido na segunda-feira. Como demos risada. Já nem me lembro do quê. Mas lembro que você estava de pé fumando a alguns passos de distância e parecia estar gostando muito desse lugar meio à margem, mas a par de tudo.

Acho que sim. Gosto de ficar observando, e para observar é imprescindível estar um pouco mais longe. É um alívio quando os que me rodeiam não se opõem. Tudo no segundo plano me interessa mais.

Elena me diz que faço coisas que não são de mãe. Não sei exatamente quais são. Que não deixo que ela ganhe nos jogos de mesa. Que às vezes digo para ela que não faça as tarefas. Que dou risada quando Pedro diz para ela peituda. Ou quando diz peituda para Rosa. Que sempre estou competindo com meu marido pelo amor da cachorra diante deles. Eu acho que Elena está muito dependente de minhas opiniões. Tenho que ter cuidado. Minhas opiniões estão em desajuste com o conceito de felicidade comum e normal.

Pedro olhou a carteira de cigarro, leu a advertência obrigatória por lei e me disse: mãe, sabia que fumar te tira segundos de vida? Não importa, os segundos não são nada, respondi para ele. Muitos segundos somam um ano, insistiu.

À noite tentei ser amorosa com todos, embora a minha vontade fosse estar sozinha. Tirei os piolhos de Pedro, e Elena me contou do desenho que está fazendo. É como uma colagem surrealista, me disse. Em uma nuvem desenhei um dedo que diz *fuck you*. Em outra coloquei palavras como *cute, sexy, expensive*. Em outra pus os nomes dos meus ídolos: Tyra Banks, Taylor Swift, Lucha Aymar, Nyle Dimarco. Sabe quem é Nyle Dimarco? O garoto que ganhou o *America's Next Top Model*, é surdo. Um arraso. Quais são teus ídolos, mãe? Não tenho, pensei. Enquanto ia para o banheiro respondi para ela: na verdade, não faço ideia, Elena.

19

O cenário da chegada a La Morada, a área rural de meus sogros, sempre é igual. Na planície tudo é seco, mesmo que chova. Respiro pó. Olho a paisagem que comparo com a da casa onde nasci. Aqui a terra é cinza; eu gosto da avermelhada. A relva é marrom, com cardos, e as colinas são pequenos amontoados ralos de eucaliptos, conjuntos de árvores ilhados, aqui e ali. O sol é cortante. Tenho saudade das lagoas, dos morros, das flores e das folhas enormes que dão sombra. Sinto falta da umidade quente que sai da terra e me esmaga. Não sei por que tenho saudade se assim que chego já quero ir embora. Como em La Morada. Há alguma coisa que me entristece no estado rústico destes campos da província de Buenos Aires, zonas enormes falidas, com pó de anos que me faz espirrar, móveis sofríveis, cozinhas pegajosas de gordura congelada no tempo e colchões de lã que se incrustam no meu corpo e fazem eu me sentir a princesa da ervilha. Camadas e camadas de sofrimento ancestral que só eu pareço perceber. As poucas melhorias foram tirando a nobreza de antes. Durmo pessimamente.

Estou mais reconciliada com a ideia de estar aqui que das outras vezes. Me lembro de que esqueci de trazer meu travesseiro e a água mineral. Mas se a daqui é muito boa, me diz meu marido. Eu não gosto, prefiro a mineral. Meu marido me diz que ele gosta da paisagem. Eu contradigo que me deprime. Quando saímos da estrada para o caminho de terra, Elena sempre pede: pai, posso dirigir?, e Pedro pede: pai, posso dirigir? Rosa sempre pede, mas está em outro carro. Como meu cunhado Mateo também vinha, achei natalino dizer a ele que besteira ir de ônibus, te empresto meu carro. Pode ir com Rosa de copiloto. Saíram uma hora antes de nós.

Parece que foi assim: quando chegaram ao caminho de terra Rosa disse: Mateo, posso dirigir?

Rosa está prestes a tirar a carteira de motorista. Já fez o exame teórico e o psicofísico e me pediu que a leve para fazer o exame prático assim que voltarmos do campo, para poder ter a carteira antes das férias, mas eu disse de jeito nenhum vai poder andar dirigindo por aí, por mais que tenha carteira. Tem que praticar. Revirou os olhos. Em uma curva de quase noventa graus, vinte quilômetros antes de chegar à área rural, Rosa não viu a curva a tempo. Não se deu conta. Disse que Mateo disse para ela ter cuidado e ela não sabe se acelerou ou freou, mas o carro saiu do caminho, virou e caiu em uma valeta profunda de quase dois metros onde estão os tubos de drenagem de um arroio. É um milagre que não estivesse cheio de água, nos disseram depois alguns moradores da região. O carro derrapou, caiu de lado, deu um giro e ficou com as quatro rodas para cima, um escaravelho indefeso. Dentro, Rosa e Mateo ficaram pendurados pelo cinto de segurança, flutuando como astronautas no espaço. Rosa me disse que a música continuava tocando. Que havia feito merda, eles estavam de cabeça para baixo, e Belle e Sebastian continuavam cantando como se nada tivesse acontecido.

Quando nós chegamos na curva, Elena estava dirigindo sozinha, precisa. Sabe o que faz. Tinha posto nas pálpebras uma sombra que comprei para ela, ontem, na Farmacity. Minha mãe teria desaprovado. Eu estava atrás com a Chica e o Pedro. Meu marido estava no banco do passageiro dando conselhos a ela para dirigir na estrada de cascalho. E eu, quando é minha vez, perguntou Pedro. Quando passarmos a porteira e sairmos da estrada municipal.

Vimos os dois de pé ao lado de uma camionete que parou para ajudá-los. Outra, um pouco antes, os ignorou. Tinham conseguido sair do carro pelas janelas há mais ou menos meia hora. Os vidros estavam quebrados. As portas não abriam. Elena parou o carro a uns metros; para mim pareceram muitos. Caminhamos calados até eles, e eles até nós pela estrada de cascalho; mais do que nunca tive a sensação de estar num deserto. Quando nos aproximamos o suficiente para nos escutarmos, Mateo disse: estamos bem, isso é o que importa. Rosa chorou e disse que era uma orgulhosa. Disse que nunca tinha medo de nada. Que era uma tonta. Eu disse a ela que sim, e a abracei. Mateo é um tonto, você é uma tonta, teu pai é um tonto. E eu também. Todos somos tontos.

À noite, o céu parecia um vestido de festa com tantas estrelas. Enquanto comíamos, o motor da casa ficou sem gasolina e ficamos no escuro. Sempre falha alguma coisa em La Morada. Eu vi uma estrela cadente. Alguém mais viu?, perguntei. Me disseram que não, e Pedro acrescentou: aproveite para fazer um desejo, mãe. É que não me vem nenhum, disse para ele. Mais tarde pensei em um para a próxima vez que eu vir uma estrela cadente: saber qual é o meu desejo.

Os latidos de Chica não nos deixaram absorver a imensidão do espetáculo. Teria sido melhor em silêncio. Pedro disse: aqui a única que se diverte é a Chica. Olhou para o céu e me contou: pedi a Estrela da Morte para o Papai Noel. É o planeta de Darth Vader.

Mais cedo, quis passar pelo pronto-socorro, embora meu marido tenha insistido que não precisava. Eu insisti com mais força. Discuti com o médico de plantão porque não me deixou entrar com Rosa. Me disse que os maiores de idade entram sozinhos. Disse que era a mãe e que a idade não importava. Supliquei. Ameacei. Pedi seu nome e sobrenome. O nome do chefe. Nada funcionou. Rosa me disse "sussa" mãe e fiquei na sala de espera semivazia, ruminando minha raiva em silêncio, como cada vez que Rosa me diz "sussa" mãe e me deixa de fora. No guichê de informações conversavam inclinados uma enfermeira, um policial e um homem muito magro para estar vestido de Papai Noel. Parecia uma triste festa à fantasia. Tirei uma foto deles com o celular. Depois conseguimos um reboque e descemos à valeta onde ainda estava meu carro. Pudemos tirar os três sacos de presentes de Natal que tinham ficado trancados no porta-malas. Teria sido dramático ficarmos sem nada. Em algum momento pensei em voz alta e Rosa me disse: se não conseguirmos recuperar os sacos, você vai ter que contar a verdade para o Pedro. Que Papai Noel não existe. E também me disse: sabe, quando vi que estávamos caindo, enquanto o carro dava voltas, soube que nada ia acontecer comigo, que eu não ia morrer. Eu não respondi, me virei e olhei a planície vazia pela janela. Ninguém sabe quando vai morrer.

20

Seguidamente me sinto mal. Me dói a cabeça, o pescoço, a barriga, espirro, me sinto cansada e a inquietação costuma se instalar em forma de alicate ardente em minha garganta. Meu irmão mais velho diz que todo mundo tem dores, que não há ninguém que se sinta perfeito, que eu tenho consciência demais de meu corpo e de minhas sensações. Que as pessoas, em geral, ou não se dão conta ou se fodem. Eu sempre me dou conta. Às vezes certas coisas me distraem de mim mesma, mas não dura muito.

Em La Morada me sinto mal, como não acontece nada fica difícil fugir de mim. Passo os dias dentro do quarto. Leio, escrevo, durmo, espirro. Rosa me pergunta se penso em sair da caverna em algum momento e digo que acho que não. Até que, na *siesta* do segundo dia, aparece um morcego. Eu penso que é um pássaro e saio correndo. Deixo Rosa de pé ao lado da minha cama e saio. Quando ela sai me diz como que você não me avisa e me deixa ali dentro com um morcego. Digo a ela que é óbvio, se saio correndo ela tem que vir correndo atrás de mim. A partir desse momento já não conto mais com minha caverna. Meu marido não consegue encontrar o morcego. Diz que vive no teto e está em seu ninho. Me mostra um buraco bem pequeno em um canto da madeira do teto. Eu o obrigo a trazer uma escada e tapar o buraco com uma sacola e uma fita adesiva. Mas já não quero mais ficar ali. Por sorte amanhã vamos embora, penso. Sempre quero ir embora. Levo meu livro até a sala de estar e aparece minha sogra. Me fala de umas cadeiras que comprou. Aparece Elena. Me convida para jogar cartas. Estudo o terreno e penso onde posso me refugiar. Nesta casa desconfortável não tem lugares com sombra. Quando tem sol você se fode, quando faz frio você se fode, quando faz calor você se fode, quando não tem luz você se fode, quando está sujo você se fode e quando não tem vento, o moinho não funciona e também não tem água, aí você também se fode. Sempre penso que vir a La Morada me põe à prova e dobra minha paciência desmedida. Aqui não há outra opção a não ser aguentar. Ninguém está preocupado. Ninguém se incomoda com o que me incomoda. Salvo Pedro, de vez em quando. Hoje percorreu os quartos, conferiu com mãos profissionais as camas e disse: todos os travesseiros da roça são uma porcaria.

Sem eletricidade, sem sinal de internet nem de civilização, o tempo começa a parar quando estou em La Morada. Eu demoro a desacelerar. Primeiro julgo os lugares-comuns, os comentários repetidos com essa inocência infantil de contar a mesma história várias vezes, sem perder a capacidade de assombro nem de regozijo. Depois eu perco a impaciência, lentamente minha cabeça se detém, o dia dura um século e já não me incomoda. Quando os outros não me irritam, os admiro. Se não fosse pela sucessão de comidas, café da manhã, almoço, café da tarde, janta, o tempo pareceria não avançar. Os dias são exatamente iguais: a conversa é monótona e é impossível diferenciar o que cada um disse em que momento. Todos estão de bom humor e se escutam. Cada uma das crianças é levada em conta: riem de suas brincadeiras, pedem suas opiniões, olham suas gracinhas e os incluem nas atividades. Para mim durante toda minha infância me disseram fica quieta, isso não é assunto de criança ou diretamente: sai daqui. Talvez por isso venha às vezes para cá, onde o tempo não passa. Eu já estou velha e chata, olho o espetáculo de fora.

Jogamos pingue-pongue, o jogo da vela, o jogo de cartas chin e o quiz musical. Elena é hábil, está acostumada a ganhar. Quando outro ganha, diz: não é meu dia, não estou afiada ou não me sinto bem. Meu marido a ensina a terminar as partidas do que quer que seja com a frase "bem jogado". Para Elena é difícil. Custa-lhe reconhecer as virtudes do adversário. Ela tem muitas.

Me sento em uma espécie de banco de igreja que está num dos pátios internos porque não sei para onde ir. Escrevo. Não demora e todos vão aparecendo, ninguém tem nada para fazer. Meu marido me convida para ir ao estábulo, diz que vai com Rosa para tirar umas fotos de seus cavalos. Digo para ele que nunca quis ir ao estábulo e que nunca vou querer ir ao estábulo tirar fotos de cavalos. Dá risada, me dá um beijo e vai. Sempre está de bom humor. Um mistério.

Estou desconfortável neste banco, olho a porta do quarto, gostaria de entrar. Rosa, sentada no banco contíguo, detecta a trajetória de meus olhos, adivinha minhas intenções e me diz: isso acontece com você por estar o dia todo fechada. Te disse pra sair. Nas cavernas tem morcegos.

21

Aqui na casa onde nasci, ao contrário de La Morada, tudo tem que funcionar bem imediatamente. Vieram dois homens arrumar o forno. O forno está arruinando as comidas e queimando os bolos. E, além disso, é muito difícil de acender. Passei pela cozinha, vi os dois trabalhando, disse com licença, me servi de um copo de água e ofereci para eles. Faz muito calor. Um dos homens tirou a cabeça do forno e me disse: tenho um monte de fotos tuas. De quando era pequena. Que época boa. Como eu gostaria de voltar no tempo. Minha mãe tem uma onde estamos todos dentro de um Citroën, como cabia tanta gente?, me perguntou. Eu fiquei em pé com meu copo de água, encostada com o cotovelo sobre a bancada. Ele estava de joelhos na frente do forno aberto, com o rosto virado para mim. Tinha um rosto magro, olhos claros, e dava para notar que, provavelmente, antes tinha mais cabelo. Olhei para ele até o fundo de seus olhos transparentes. Ele sorriu para mim. Eu não vi nada. Não consegui me lembrar de quem era, nem de quem eram todos, nem de quem era o Citroën. Meu coração ficou apertado. Mas disse: que época divertida.

Meu irmão mais velho diz que esta é a casa mais antiecológica que existe. O ar-condicionado central está ligado o dia todo e as portas estão sempre abertas. Todo mundo se queixa da temperatura. O bom do ar-condicionado é que tira a umidade, diz minha irmã mais velha. Está com o cabelo avolumado desde que chegou. Meu irmão lhe sugere dar um banho de creme. Eu lhes digo que deveriam mudar de lugar na mesa. Sentam um na frente do outro desde que são crianças. Cada dia se suportam menos. Todos nós vamos nos suportando cada vez menos, verão depois de verão. Meu pai diz coisas ofensivas. Digo para ele, tento impor limites para ele. No fim das contas, estão todos aqui, me responde. E tem razão. Padecemos de uma espécie rara de síndrome de Estocolmo.

Na mesa jogamos o jogo de escolher. É assim: Tita ou Rodésia? Mar ou montanha? Presunto ou queijo? Outono ou primavera? Quando dissemos pai ou mãe? ninguém quis escolher, mas eu disse a Rosa: mãe. Me disse: sério? Ou é porque está morta? Meu irmão, o arquiteto, como sempre, passou dos limites. Disse: chupar a cabeça ou o saco? Sua mulher respondeu a cabeça. Meu irmão mais velho não quis responder nenhuma pergunta. Disse: não tenho por que me expor.

Voltaram os medos de Pedro. Imagina tubarões quando está no banho e de repente sai todo molhado e fica em pé no tapetinho do banheiro e grita: mãe, mãe. Elena diz que gosto mais dele. Que no dia que foi dormir comigo na minha cama, eu fui para o quarto de Pedro e esperei até que ele dormisse. Me diz: qual é a graça de dormir com você se não fica na cama comigo?

Rosa foi passar uns dias de férias no sul com suas amigas. Eu a levei à rodoviária e meu pai quis me acompanhar; acha que dirijo mal. Ela nos olhou de sua poltrona individual no segundo andar do ônibus de longa distância. Deu tchau com a mão. Eu mandei uns beijos. Fiquei parada em pé. Me perguntei se, de cima, acharia meu pai e eu parecidos. Meus olhos se encheram de lágrimas. Os dias vão passando como páginas de um livro. Em todo o caso, o final te pega de surpresa.

Quando era pequena, às vezes minha mãe chegava de carro buzinando. Era para me avisar que tinha trazido uma amiga para brincar comigo. Mal chegava, dizia para minha amiga: pegue, este é teu livro. Eu pegava o meu e não falava com ela até que o terminasse. Não gostava que minha mãe não me consultasse se tinha ou não tinha vontade de convidar alguém. Ontem li um livro inteiro, comecei e terminei no mesmo dia. Nas minhas férias de adolescente fazia o mesmo. Minha mãe dizia: filha, vai fazer alguma coisa útil. Então tinha que me esconder para ler, como se estivesse fazendo alguma coisa errada. Eu contava a quantidade de livros como troféus proibidos. Guardava em segredo a alternativa de mil vidas possíveis. Suponho que minha mãe tivesse razão. Ler e não fazer nada são irmãos.

Ontem, quando terminei o livro, senti necessidade de fazer alguma coisa. Alguma coisa útil, como diria minha mãe. Caminhei cinco quilômetros. Destino: o cemitério. Pensei que até o mais vital de meu dia estava vinculado ao que não existe. Ou seja: ao que só existe em minha cabeça. Pensamentos, devaneios, lembranças, narrações breves. Agora, minha mãe é isso.

22

Dom Próspero e Dona Próspero eram marido e mulher. Dom Próspero dirigia o ônibus escolar que me levava todos os dias da escola para o escritório de meu pai. Como era conhecido de minha avó, me fazia descer, passava para cumprimentar e, juntando as duas mãos como para rezar, lhe pedia o *chon*, que é como pedíamos a bênção aos adultos em minha família. Ela me dava um beijo na ponta dos dedos e antes que eu fosse almoçar em minha casa, já tinha se esquecido de quem tinha ido cumprimentá-la. Tinha Alzheimer, mas quando me perguntava e você quem é, eu pensava que era invisível. Sou Ana. Como é ruim ser velha, me dizia em um lamento paraguaio que arrastava as vogais. O olhar de minha avó estava vazio como sua piscina no inverno. Com a vitalidade de uma folha seca, recitava sempre o mesmo verso em guarani: *María pacurí abati pororó opáma* a festa *aguatá terehó*. A festa terminou, você tem que se retirar.

No ônibus, dom Próspero me deixava ir na frente, a seu lado, em uma espécie de corcunda onde tinha a alavanca de câmbio, alguma parte do motor na parte inferior e um espaço enorme atapetado com couro ecológico onde eu montava a cavalo violando as futuras regras de segurança de trânsito. Eu sempre tinha medo de me perder, de não chegar ao destino, de subir no ônibus errado, de que ninguém soubesse onde tinha que descer: desde que saíamos da formação (onde quase nunca me escolhiam para içar a bandeira, como exemplo democrático) até chegar ao ônibus de dom Próspero, tinha a garganta apertada. Finalmente eu o via, com a cara enrugada e seus olhos como um banho de água morna. Como eu teria gostado de dirigir o ônibus escolar no colo de dom Próspero e aí dormir a *siesta*.

Nunca pensava que eu era a neta do dono de tudo: dos ônibus escolares, da escola, do escritório de meu pai, da casa de dom Perpétuo, da nossa, das estradas e de tudo que estava à beira das estradas. Melhor dizendo: sabia perfeitamente que ser a neta do dono de tudo não ia evitar que se esquecessem de mim na escola vazia ou que eu subisse no ônibus errado. Por outro lado, sim, evitava que me escolhessem para içar a bandeira. Ser a neta do dono de tudo não era nada. Soube disso assim que soube pensar. Aconteceu em alguma licença de dom Próspero. Subi no ônibus errado e antes que ele começasse a andar uma professora que riu de mim me salvou, condescendente, na frente de todos.

Dona Próspero era costureira. Sempre tinha a boca apertada em um risco estreito que segurava vários alfinetes de uma vez. Quando não os estava segurando, sua boca também era estreita. Suas mãos ossudas me espetavam quando tirava minhas medidas e sua cabeça estava cheia de rolos de cabelo escurecidos com tinta, tão apertados na sua cabeça como os alfinetes em sua boca. Que magra, que magra me dizia. Não tinha a mínima paciência. As paredes de sua casa eram verde-água. Na sala, muito mais alto do que penduravam os quadros em minha casa, Dona Próspero tinha molduras com fotos de seus filhos e dela e dom Próspero quando eram jovens. Eu gostava. Todas os rostos tinham as bochechas rosadas e os lábios rosados, como devia ser, e os contornos de seus corpos se dissolviam no fundo que também era cor de água, como as paredes, como a piscina de minha avó no verão. Nós não tínhamos esse tipo de fotos em casa. Nas nossas, eu saía pálida, sobre fundos naturais como azaleias ou um canteiro de dálias. E meu pai as tirava, não Pompolo, o fotógrafo da cidade que, em minha opinião, tirava fotos muito mais alegres.

O cheiro das dobras de tecido novo que minha mãe levava para fazer vestidos de verão me dava a esperança de que algo bom pudesse acontecer. Na dona Próspero, minha mãe desdobrava e escolhia comigo as estampas e as fitas bordadas ou em zigue-zague que talvez pudessem ser aplicadas nas bordas das alças. Logo as aulas terminariam. As professoras soltariam o cabelo. Todas poríamos vestidos. Ali, entre as tesouras e os moldes e o giz de marcação, podia saborear a expectativa. Me sentia finalmente com possibilidades. Chegava o verão.

Hoje disse para Pedro: você gosta desta época do ano? Qual, me perguntou. Esta. Quando as aulas estão acabando, começa a fazer calor e já falta pouco para as férias. Quando está para começar o verão. Respirei o ar morno, sorri para ele. Ele me olhou, levantou os ombros e não disse nada.

23

As mesmas coisas que posso fazer durante o ano, eu prefiro fazer quando chega janeiro. A cidade no verão é atípica, mais livre, mais sozinha. A intimidade que se produz entre os que ficam na cidade vazia é do que eu gosto. Transar em janeiro também é melhor.

Fiz trinta e duas quadras de bicicleta para comprar comida em um restaurante peruano e tomei um pisco enquanto esperava. Caminhei uma hora em ritmo aeróbico, parei para comprar nove livros e quando cheguei abri um champanhe e bebi na sacada. Fiquei contente de ter podido abrir sozinha; às vezes tento e não consigo. Apaguei o cigarro no caroço do pêssego que comi antes de fumar. O resto do tempo passei sentada lendo para a tese. Me olhei no espelho, apertei duas de várias espinhas e pensei que difícil ser adulta se ainda tenho acne.

Pela rua vi um casal de velhos tomando suco nas mesas da calçada de um bar. Do velho caíam fios de baba, mas os dois pareciam contentes nessa calçada. Vi uma senhora andando em sua cadeira de rodas. Ia sozinha, sorria. Imaginei que se sentia livre. Também vi uma babá de uniforme azul correndo atrás da criança; suas gargalhadas me chamaram a atenção. Me olhei no reflexo de uma vitrine. Me pergunto se algum deles me viu.

Estou atrasada com a tese. Minha companheira ficou grávida e desde que me contou não avançamos mais. Em minhas leituras obrigatórias leio que o feminismo se desenvolveu como um movimento quando as mulheres passaram de trabalhar em casa a se incorporar ao mundo do trabalho. Tento fazer algumas anotações, mas tenho na cabeça a música do Cartoon Network que escuto enquanto tento manter Pedro entretido para poder escrever. Penso que somos duas mulheres tentando fazer uma tese sobre economia doméstica de 1900 que não podem avançar porque continuam dedicadas, principal e fundamentalmente, ao cuidado dos outros. Eu mãe por primeira vez aos vinte e poucos, ela aos quarenta. Acho que o melhor teria sido aos trinta, digo a ela. Nenhuma acertou.

Quando entrávamos no elevador ouvi o barulho de uma furadeira ao longe e disse para Pedro: odeio esse barulho. Pedro me disse, o barulho da broca é mais insuportável que Elena. Não lhe disse que é um barulho que aumenta meu silêncio interior e perfura minha autoestima. Me lembra que há pessoas que, sim, estão fazendo algo útil. Como uma construção, um arranjo, algo novo. A faixa de som de minha angústia é essa: o barulho abafado e atemporal de marteladas, serras e furadeiras que chega do mundo exterior.

Pedro está obcecado pela morte. Eu também. Ele não quer morrer e eu espero não ter o gene paterno da longevidade. Até os sessenta estaria bom, disse ontem na mesa. A perspectiva da morte me alivia. Quem quer viver cem anos? Pedro quer saber como é estar morto. Eu lhe disse estar morto deve ser bom, você não se preocupa mais. Não lhe pareceu suficiente. Falei para ele da vida eterna. Disse que Jesus, que é o filho de Deus, veio à terra para passar uma mensagem: a vida depois da morte é boa. E ele, enquanto comíamos lulas, me disse: tomara que a vida eterna fosse esta.

Hoje a homeopata mudou o remédio de Pedro. Faz dois anos que tomamos exatamente o mesmo e cada vez que Pedro tem um problema sinto que sou responsável por uma conexão maldita. Hoje cortamos o cordão. Tomamos rotas separadas. Ainda me lembro de quando o ensinei a andar de bicicleta. Empurrei e empurrei até que finalmente um dia senti o equilíbrio e o soltei. Ele se virou e gritou eufórico: enfim era mais fácil do que eu achava! Eu disse que sim e aplaudi e também lhe disse: olha para a frente que você pode cair.

24

O caminho de Buenos Aires até a casa onde nasci me parece cada vez mais longo. A parte de Ceibas me lembra a estrada do deserto, digo a meu marido. Me deprime. Não tem nada. Nem sequer sinal de celular. Me diz: te deprime porque quer dizer que falta muito para chegar, e eu digo que não, quando voltamos a Buenos Aires acontece a mesma coisa. Viro meu rosto para a janela. Vejo passar os pastos intermináveis à margem da estrada de mão dupla, interrompidos aqui e ali pela sinalização necessária. Embora estejamos a duzentos quilômetros por hora, eu acho que estamos parados. Ceibas é um lugar sem tempo, imóvel; a eternidade nunca me pareceu uma boa ideia. Se há algo que me alivia é a possibilidade de mudança, mesmo que seja para pior. Inspiro fundo, conto até dez e expiro lentamente fazendo o mesmo. Penso na mudança. Ele não pensa em nada.

Quando chegamos, já é de noite. Meus irmãos e meu pai estão na sala de estar, mas ninguém fala. Como se ainda estivéssemos em Ceibas, em terrenos baixos, inundáveis, bons para nada. Vamos dormir. Faz frio. O outono é traiçoeiro.

No dia seguinte, abro o guarda-roupa de minha mãe e pego dois lenços para pôr; a garganta me dói.

Reviso quase todas as gavetas antes de abrir a de lenços, embora depois de cinco anos tudo tenha ficado igual: a das meias, a dos sutiãs, a das camisolas, a dos cachecóis, a dos lenços de seda. Reviso com a mesma ansiedade da infância, mas cada vez tem menos surpresas. Pego dois. Ponho um e dobro o outro e o coloco no bolso interno da minha jaqueta. Esse eu vou roubar, não tenho a intenção de avisar ninguém. O outro não, apenas o coloco, está à vista de todos e a partir de agora também é meu, como o outro que roubei. Acho que os guarda-roupas de minha mãe vão se esvaziar assim, pouco a pouco, à medida que vamos necessitando de suas coisas.

Trouxe roupa inadequada e penso que sorte que vamos embora em três dias. Também acho que as férias curtas não são para mim; demoro a me acostumar aos lugares e quando finalmente me adapto já é hora de voltar.

Vamos passear de lancha pelos esteiros. É a primeira vez. Sempre nos pareceu um programa para turistas. Aqui em casa também há lagoas, capivaras e jacarés. Na lancha vamos parecer felizes. A velocidade das lanchas e das motos me faz rir. Passei rímel nos cílios. Talvez tirem uma foto minha; eu gostaria de sair com olhos grandes. Eu acho que nunca saio bem nas fotos. Meu irmão arquiteto me diz: é porque se acha mais bonita do que é. É provável, respondo para ele.

Vou fumar em meu lugar secreto. Lá está minha sobrinha, nós nos escondemos para fumar. Digo para ela, o que você está fazendo aqui? Este é meu lugar. Você está fumando os mesmos cigarros que os meus? Nós duas fumamos os fininhos, esses que as jovens que na verdade preferiam não fumar fumam.

Disse para minha psicóloga nova: às vezes roubo Rivotril do meu marido. Não gosto de precisar deles, mas eu gosto menos ainda de ter que roubá-los. E me disse: pode ter os teus próprios, se você quiser. Quando precisar me avisa e te faço uma receita. Prefiro que tome alguma coisa de vez em quando e que fume menos. Depois me disse: confio em teu critério.

Me dizem muito isso em geral: confio no teu critério. Não quero que todos confiem, sempre, em meu critério. Me cansa. Penso em minha genética viciante, meu irmão mais velho sempre me diz: cuidado, temos uma genética com tendência ao vício. Sempre me diz: cuidado. Mas sou muito sensata para isso. Minha sensatez ganha da genética. Fui bem-educada.

Quando terminamos a sessão disse para minha psicóloga: agora. Quero a receita agora. Logo que saí, entrei na farmácia que fica na esquina de seu consultório. Quando chegou minha vez, estendi a mão com a receita duplicada e me senti uma mulher com problemas.

Eles estão sem abrir na minha bolsa há uma semana. Meus primeiros comprimidos de Rivotril próprios. Daqui a dois dias é domingo de Páscoa. Em cinco dias meu aniversário. Em sete dias vou viajar. Já fumei o primeiro cigarro do dia em jejum. Acho que hoje é um bom dia para tomar um Rivotril.

25

Meu marido comprou uma buzina para o patinete de Pedro. É branca. Pedro disse que vai pintá-la de preto com um marcador permanente, porque agora preto é sua cor preferida.

Quando minha mãe estava doente com câncer, começou o reiki. Tinham nos recomendado uma terapeuta que havia conseguido milagres com outras pessoas. Minha mãe nunca acreditou em milagres de nenhum tipo e menos nos das terapias alternativas, mas o câncer estava matando-a. Já estava na fase IV. Sempre esteve na fase IV, desde que a diagnosticaram. Tarde. A terapeuta não quis atendê-la, no começo. Nos perguntou o diagnóstico e disse: não. Eu acho que temia por sua reputação. No fim a convencemos. Vinha duas vezes por semana. Minha mãe disse que quando vinha do reiki dormia melhor, e quis que continuasse vindo. A mulher do reiki a convenceu de que usar roupas pretas lhe fazia mal e minha mãe acreditou. Tiramos do seu guarda-roupa quase tudo dessa cor, menos as calças de ginástica Nike: por mais pretas que fossem, eram as melhores para as cintilografias, as sessões de quimio e os raios. Eram confortáveis e eram pretas. A melhor cor é o verde, disse a terapeuta. Compramos xales, camisetas, suéteres verdes. Horríveis. Usava-os para compensar a calça Nike, também horrível. Coitada da minha mãe. Nós, suas filhas, também suspendemos o preto por solidariedade e por medo (estaríamos atraindo energias negativas?) e embora tivéssemos ocasionais recaídas, era com culpa.

Hoje me vesti de preto da cabeça aos pés.

Minha mãe estava drogada com metadona e de sua cama, olhava pela janela. Eu, deitada a seu lado, lia. Me disse: vejo formas nas árvores. Como no jogo das nuvens, disse para ela. Eu também vejo formas, mãe, é normal. Apertei os olhos para deformar minha percepção do conjunto de copas frondosas e perguntei: o que está vendo? Uma cabra, me respondeu com um fio de voz. Procurei a cabra, mas não a vi.

Me dizia que não encontrava posição com os travesseiros; eu a acomodava e respondia: sempre acontece comigo, é típico. Lhe dizia que também sentia náuseas ao tomar água obrigada, que minha pele era igual à dela: as injeções me enchiam de roxos. Também lhe dei razão quando não queria fazer a quimio que a deixaria sem cabelo; eu também não gostaria de ficar careca, mãe. Não sei qual era o sentido dessas conversas. Fazer com que sentisse que eu a compreendia, suponho. Que todos nos queixamos de tudo, os que sabem que estão a ponto de morrer e os que não.

Para seu enterro usei uma camisa cor de tijolo, da mesma cor da terra avermelhada que jogaram em cima de seu caixão. Comprei com minha irmã caçula pela internet umas semanas antes. Estávamos as duas recostadas na cama de minha mãe. Ela comprou uma cinza-chumbo, eu cor de tijolo. Minha mãe nos perguntava em voz baixa, quase sem abrir os olhos, o que estão fazendo? Comprando roupas, dissemos.

A sogra de minha irmã que vive nos Estados Unidos as trouxe para nós. Chegou com as camisas e minha mãe morreu depois de uns dias. A sogra esteve em seu enterro. Nós pusemos as camisas novas. Depois as demos: não que nos deixasse tristes voltar a usá-las, eram horríveis. É difícil comprar pela internet.

Eu voltei a usar preto. Adoro, Pedro também. Mas sempre me lembro do reiki. E me pergunto se tudo que dá errado para mim não é porque eu gosto tanto.

26

Em minha memória, todos os episódios de *O Incrível Hulk* terminavam com a mesma cena: ele de costas, se distanciando com uma bolsa nos ombros pela beira de uma estrada. Ao fundo, um piano triste. Estou procurando essa cena obsessivamente no YouTube há dias e não a encontro. Estou começando a achar que eu a inventei. Enquanto isso, penso por que essa cena me comovia tanto e por que continuo lembrando dela com recorrência trinta e cinco anos depois.

Quando Pedro ia para o jardim, almoçávamos vendo *O Zorro*. Eu achava que ele gostava, principalmente do começo, que ele via hipnotizado, quando depois de uns trovões começava a música que dizia: "Em seu corcel, quando a lua sai, aparece o bravo Zorro". Uma vez me disse, um pouco assustado: "O Zorro vem de noite e está furioso". É assombroso o que acontece quando Pedro traduz o mundo para mim: eu o entendo. É um mundo difícil. Tudo o que digo, me dizem ou escuto, para mim também quer dizer outra coisa que para os outros. Sempre encontro metáforas, rastros, sentidos. Como Pedro, vivo em um mundo de palavras poderosas. Paramos de ver *O Zorro*.

O Incrível Hulk não me dava medo. Era minha série favorita. Se em vez de nascer na década de setenta tivesse nascido no ano 2000, poderia tê-la assistido compulsivamente em um iPad, episódio atrás de episódio, sem parar. Mas eu sou da geração que espera. No lugar onde vivia, a programação começava a partir da *siesta*. A essa hora, todos dormiam, e na cozinha, decorada com um laranja furioso, ligava a tevê para ver o sinal de ajuste: junto com as barras coloridas também colocavam música. Eu não gostava da música, mas preferia isso ao silêncio. *O Incrível Hulk* passava só uma vez por semana. Quando finalmente começava tinha que suplicar para que não desligassem a tevê e me mandassem brincar lá fora.

Um dia, nas férias, minha mãe me acordou cedo para percorrer os cem quilômetros que nos separavam da capital da província. Sempre nos acordava cedo mesmo que estivéssemos de férias, mesmo que não tivéssemos nada para fazer. Era sua maneira de nos ensinar a temperar o espírito, a evitar o ócio, a sobrepor o dever ao prazer. Mas dessa vez havia outro motivo: tinham recomendado a ela um novo especialista em alergias, me contou no carro. Eu nunca gostei da capital. Minha mãe, apesar de ter nascido ali, acho que também não: nunca deixou de dizer "o povoado" com desprezo. A sala de espera do médico me produziu o mesmo tipo de irritação que a capital me produzia: por ser feia, por ser marrom, por ser quente. Junto a nós, a recepcionista atendeu com uma sincronia suspeita um entregador que levava uma caixa de aço inoxidável. Quando a abriu para conferir o conteúdo, vi muitas ampolas, alinhadas uma junto à outra, com tampinha de metal e centro de borracha, esse centro mole que deixa entrar a agulha das injeções. Tinha nove anos, mas também certa experiência com alergistas. Me solidarizei com aquele que tivesse que suportar todas as picadas que a caixa de aço inoxidável continha e tentei pensar em outra coisa.

Muito tempo depois o pediatra de meus filhos me disse: os alergistas não servem para nada, só para estragar o caráter das crianças. Talvez o meu, a essa altura, já tivesse sido arruinado. Era um bebê tão bonzinho, escutei minha mãe e minha avó dizendo uma vez, suspirando, como se eu já não fosse boazinha. Foram me convencendo. De meu mau-caráter, de minha pouca paciência, de minhas respostas impiedosas. Não me lembro do dia em que conheci a tristeza. Pode ter sido nesse.

Dentro do consultório, enquanto minha mãe conversava com o alergista de qualquer outra coisa, eu o observei. Tinha o cabelo preto penteado para trás com gel, um sorriso de dentes longos que me lembrou as fotos de Carlos Gardel, um jaleco em v que deixava uma pele branquíssima à mostra. Me detive em seu peito e em seus braços sem pelos. Por fim, como se nunca tivesse sido examinado, se dignou a olhar para mim, e me pediu que eu o acompanhasse até a maca. Me disse que eu era linda e inteligente. Não acreditei, nunca fui fácil de elogiar. Quando me pediu que eu levantasse a manga da camisa para fazer umas picadas tão suaves que seriam como de mosquitos, eu já havia acumulado uma raiva e um desprezo consideráveis.

O pontapé que dei nele quando se aproximou com a primeira seringa o pegou de surpresa. Tão de surpresa que tive tempo de dar muitos outros pontapés enquanto ele tentava me segurar e se defender ao mesmo tempo. Com meus tapas alcancei a caixinha de aço inoxidável e espatifei uma, duas, todas as ampolas contra o chão. Como um animal selvagem, me joguei da maca e derrubei com meu braço os remédios e frascos que o doutor tinha organizados em uma vitrine de vidro. Sufocada, com a voz entrecortada pela fúria e pelo esforço, disse para minha mãe, apontando para o médico: não percebeu que ele não tem pelos, nem um só pelo? Me dá nojo que me toque, não quero que me toque. Antes de ir embora, quando os dois pensavam que eu já tinha me acalmado, minha mãe disse: diz até logo para o doutor, voltamos outro dia. A simples ideia de ter que beijar sua pele imberbe me provocou outro surto de fúria. Feroz, atirei o receituário, o abridor de cartas e os carimbos que encontrei em sua mesa.

Minha mãe nunca me repreendeu. Também não me abraçou, como recomendaria um pedagogo agora. Não disse nada, não fez nada. Por algum motivo, nunca mais falou desse assunto. A partir desse dia, eu soube que era capaz disso e que poderia voltar a ser. Um vulcão adormecido. Minha mãe também soube. Agora que morreu, sou a única que conhece esse segredo.

27

Sonhei que alguma coisa me incomodava enquanto caminhava, então parava e arrancava um dedo de cada pé. Ficava com quatro no esquerdo, quatro no direito. Não sangrava, não doía: no sonho parecia ser a solução ideal. Tenho gravada a imagem zenital olhando satisfeita para meus próprios pés de quatro dedos: pés novos, confortáveis e normais. Minha psicóloga me disse: parece que quando alguma coisa te incomoda, você a elimina. Claro, pensei, muito de acordo, sou decidida. Mas a interpretação continuou: você é capaz de seguir adiante sem uma parte do teu próprio corpo, negando-o. Primeiro disse a ela que não estava entendendo e depois disse: ah. Terminou a sessão, me respondeu ela.

Elena e Pedro trouxeram seus boletins. O de Elena é espetacular em tudo. O de Pedro está bom; só no que diz respeito às normas é espetacular, como o de Elena. Sempre me pareceu uma boa notícia que recebessem um excelente no que diz respeito à norma e à obediência aos adultos. Agora não sei se devo me preocupar.

Me lembrei dos gatos. Teria uns oito anos quando, numa noite, adotamos dois gatinhos que encontramos desconsolados à beira da estrada, em uma valeta. Fomos guiados por seus miados tristes e por seus olhos que brilhavam como pirilampos entre a relva.

Eram gatinhas. Não demoraram a crescer e a se reproduzir sem controle, até ficaram descadeiradas e com as pernas traseiras imobilizadas por tantos partos: andavam só com as da frente, arrastando as de trás; tinham a pele em carne viva. À medida que a gataria aumentava, mais descadeiradas se uniam à tribo. Eu adorava sempre ter filhotes de gatinhos. Eu punha laços coloridos no pescoço deles, os mesmos que punha nos cachorros, que punha em mim mesma. Minha mãe não punha laços no meu cabelo, era eu que colocava. Comprava sozinha as fitas. Escolhia as cores: de cetim, de acetato. Estas não eram tão luxuosas como as de cetim, mas os laços ficavam armados por mais tempo. Os laços murchos sempre me deixaram triste, me lembravam final de festa: sanduíches ressecados, pedaços de bolo pisoteados no chão. Minha mãe não se interessava por laços. Tampouco pelos gatos; os chutava quando se punham em seu caminho; nunca gostou de bichos de estimação. Mesmo assim, vivíamos rodeados de dezenas de gatos sem nome, não sabíamos qual era qual. Até que minha irmã mais velha decidiu festejar o seu casamento em casa. Para a festa, minha mãe disse ao jardineiro que se ocupasse de deixá-la apresentável: isso incluía os gatos, especialmente as descadeiradas. O espetáculo que havíamos desencadeado era sinistro; íamos receber convidados. Imagino que dom Vantaggio tenha enfiado todos em um saco de juta. Não sei se os abandonou na relva ou se os afogou na lagoa, mas os gatos despareceram para sempre.

Quando perguntávamos para minha mãe, o que você fez com os gatos?, ria fazendo força para não mostrar os dentes, mas com os olhos brilhando descontrolados, como quando sabia que havia feito uma maldade, e dizia: não sei. Minha mãe era muito prática. Eu aprendi, também posso chegar a ser. Embora, na verdade, nunca tenha gostado de coisas práticas. Não têm nenhuma graça. A roupa prática. As comidas práticas. As soluções práticas, como arrancar um dedo de cada pé. Minha mãe, nosso sentido do dever e eu: éramos um grande trio.

Na semana passada estive sete dias de cama com gripe e gastrite viral. Sete dias em que me senti tão mal que não li nem um livro nem vi uma série. Olhei para o teto e para o chão, de acordo com a posição que me ditasse a dor surda e constante que sentia na boca do estômago e que irradiava dali para a garganta, até os olhos. Chorei. Chorei, mas não vomitei uma só vez. Não sei vomitar. É minha maldição: se me dão aço, processo aço. A qualquer preço, às custas de mim mesma. Acho que por isso sou boa nas crises; impossível que as rejeite. Tenho cimento na garganta, não há saída de emergência. Talvez seja por isso que escrevo. Por via das dúvidas, pedi a Susi que mandasse sua amiga tirar de mim o mau-olhado. Estava terrível, terrível. Confirmou mais tarde.

Pedro me disse: mãe, você tem um cachorro, um peixe e três filhos. Cinco mascotes no total, contando com os filhos. Fiquei pensando. Mais tarde procurei a definição de mascote. Amuleto. Estatueta. Pequeno ídolo. Figura. E, recentemente, animal. A sabedoria de Pedro me inquieta. Pedro sabe que meus filhos me salvaram. Ele diz que não vai ter filhos. Que vai viver para sempre comigo. Eu acho que sim, que vai ter filhos e que vai ser um bom cuidador.

28

O namorado de uma amiga se suicidou. Enforcado. O detalhe que me chamou a atenção mais do que os outros detalhes é: enforcado. Como fez isso? Nunca fui boa com nós. Nem com os nós de marinheiro que me ensinavam nos acampamentos, nem com os nós para trançar pulseiras ou para prender um cavalo num poste. Nem sequer o nó no final do fio para pregar um botão. Todos me desarmam. Sempre me incomodo com essa inabilidade manual. Não poderia me suicidar enforcada. Por que você se importa tanto com nós, para que vai precisar deles, me perguntava minha prima-irmã que sim, sabia fazer de tudo com as mãos.

Disse para a menina da loja: você é a melhor operadora de fotocopiadora do mundo. Não disse isso por nada, disse porque já tinha pensado nisso desde a primeira vez que fui à loja. Vê-la fazer fotocópias com tanta rapidez e precisão, contar as folhas, montar os jogos. É uma beleza quando fotocopia. Quando lhe disse isso ela não respondeu, quase não fala, mas quando fala eu também gosto de sua voz rouca. Só sorriu, olhou para baixo e pude ver melhor seus olhos delineados sem a mais mínima dúvida no traço. Que bom é fazer algo bem. Minha irmã mais velha me disse: poderia ter nascido com tocos, não sei para que tem mãos. Ela, assim como minha prima, também se sai bem em atividades manuais. Também não consigo: dobrar mapas e bulas de remédio, cortar a cebola fininha, passar camisas, amassar a massa da pizza em forma de pizza, fazer origami, cortar direto com tesoura, fazer tranças, costurar barras com ponto invisível, arrumar a cama como a de um hotel.

Na formatura da pré-escola de Elena, as professoras fizeram um vídeo em que as crianças contavam o que queriam ser quando crescessem. Elena disse: quando for grande quero escrever nos pacotes de comida, como a minha mãe. A isso me dediquei por anos. Escrever no verso de embalagens e folhetos de produtos de consumo massivo com textos de instruções, promoções, identidade de marca e publicidade em geral. Se tem uma coisa que eu sempre soube é que, de todas as habilidades, a de escrever me cai muito melhor do que a de fazer nós, por exemplo.

Elena já não quer mais escrever em pacotes de comida. Acabou de me mandar uma mensagem do colégio: tirou dez em matemática. Quando crescer, me disse outro dia, quero fazer algo que fique marcado como mulher. Elena sempre consegue fundir-se com a paisagem, misturar-se nos grupos, integrar-se a qualquer ecossistema. E se destacar. Sua capacidade de adaptação é tão surpreendente que quando chega a um lugar parece ter pertencido a ele desde sempre. Na evolução das espécies, imagino um processo de seleção natural onde todas as Anas estão mortas, extintas. E as Elenas são donas do mundo. O indivíduo mais resistente e sofisticado vai ser como ela.

O namorado de minha amiga terá ido à loja de ferragens comprar corda? Terá visto tutoriais no YouTube? Quantas vezes terá praticado o nó? Por que escolheu essa forma tão cruel de morrer? Se matou numa quinta-feira de manhã. Não deixou cartas. Deixou cinco filhos. Duas ex-mulheres. Uma namorada. Duas passagens compradas para o México. Minha amiga conseguiu que fizessem a devolução e, com o dinheiro, foi para Miami. Diz que nunca vai entender o que aconteceu. Ontem nos mandou uma foto na praia. Estava de biquini, com seus peitos enormes, sorria e tinha um drinque na mão. Embaixo da foto escreveu: hoje seria o aniversário de Amor. E acrescentou um emoji chorando.

Menstruação há doze dias, diz o aplicativo de meu celular inteligente. Gosto de ler essa palavra na tela. Sorrio. A vida não é frágil, é resistente. Minhas plantas não morrem e eu não morro e minha mãe sim, mas não foi fácil, foi lento. O ciclo da vida se impõe quase sempre. É preciso lidar com isso. Até não conseguir mais, daí você tem que se enforcar com cintos ou laços de roupões de hotel ou cordas da Easy Home Center.

29

Elena gosta dos brilhos, da maquiagem e dos acessórios desde que é pequena. Aos dois anos era surpreendente sua habilidade para caminhar com saltos de plástico. Minha mãe não aprovava. Me dizia: minha filha, o gosto se educa. Eu a deixava ir fantasiada ao jardim, com um casaco de pele de imitação de dálmata. Em seu mundo de rigorosas exigências, as inclinações supérfluas de Elena pareciam perigosas para minha mãe.

Quando jovem, minha mãe era bonita. Tinha o cabelo comprido, usava lenços estampados para prender o cabelo e parecia uma atriz de cinema, sobretudo porque, como as atrizes, eu a conheci somente através de fotos e filmes Super 8. Tinha olhos escuros e lábios grossos e sensuais dos quais nunca tirou proveito. Quando nasci tinha trinta e já tinha cortado o cabelo. Desde então usou o mesmo penteado, até que uma das últimas quimios a deixou sem nada. Desde que a conheci, para mim foi uma senhora de cabelo curto. Nem linda nem feia. Uma senhora. Uma mãe. Isso é tudo. Sempre tive medo de que ser adulta quisesse dizer isso.

Minha mãe estava perto de morrer; já tínhamos contratado uma enfermeira de cuidados paliativos. Quase não falava. Mesmo assim me pediu que chamasse a manicure do salão de beleza que tinha no térreo de seu prédio; queria fazer as unhas. Um oásis de superficialidade inesperado. Me surpreendeu. Minha mãe não era elegante. Na verdade, nunca sabia o que vestir, o quê combinava com o quê; odiava que a roupa e a maquiagem tivessem que falar por ela. Também a decoração lhe parecia superficial. Hoje, no meu bairro, cruzei com a mãe da primeira amiga que me convidou para sua casa quando vim morar em Buenos Aires. Eu nunca havia ido a um condomínio nem tampouco havia visto tantos babados na minha vida. As cortinas da cozinha, as colchas floridas do quarto, até as lixeiras dos banheiros tinham babados. Tudo combinava. Quando voltei, achei minha casa horrível.

A manicure se sentou num banquinho e segurou suas mãos, que ainda eram jovens, mas que com sua agonia ou com seu consentimento foram vencidas pela doença, sem força, como o resto de seu corpo entregue a uma cadeira de rodas. Já tinha dito chega, mas assim mesmo queria pintar as unhas. Escolheu uma cor neutra, um último gesto de frivolidade imperceptível que avalizei com estranheza, mas sem questionamentos. Eu olhava a cena da cadeira da sala de estar, onde tentava redigir meus últimos textos de propaganda institucional. Poucos dias depois que minha mãe morreu, desisti de meu trabalho. Minha mãe estava morta e decidi me transformar em mãe. A única coisa que iria ser dali em diante era mãe, a melhor mãe.

Elena desenha para mim um cartão com duas mãos estendidas uma para a outra que no meio seguram um coração e escreve: "mãe, você é linda, engraçada, meio sarcástica e muito *jovenzinha*. Te amo". Rio abatida e agradeço sua declaração de amor. Não quero ser uma *jovenzinha*. Também não quero ser como minha mãe. Colo o cartão na parede de meu quarto, em cima da mesinha de cabeceira, onde tenho desenhos e cartões dos três. Vejo ele todos os dias.

No dia que o carro fúnebre veio retirar o caixão, esperava que todas as pessoas do salão do térreo saíssem na calçada para se despedir de minha mãe em silêncio. Ela não era elegante, mas, justamente porque não era, tinha sido a cliente mais fiel desse salão antipático desde que viemos morar em Buenos Aires. Ninguém saiu.

Cada vez que vejo alguma das empregadas do salão fumando na calçada, ou alguma das amigas de minha mãe caminhando pelo bairro, cada vez que vejo uma avó passeando com seu neto ou quando pinto as unhas, me pergunto por que todos continuamos vivos menos ela.

30

A rua está fechada com cercas de madeira, o trânsito foi interrompido, um grupo da Edesur está consertando a instalação elétrica da quadra. Pedro e eu andamos de mãos dadas até em casa. É uma tarde qualquer. De repente, atraídos por todo esse espaço agora disponível, saímos da calçada e avançamos pelo meio do asfalto. A possibilidade de andar livremente por um lugar que sempre está superlotado de carros, táxis e ônibus me enche de uma emoção remota. Como caminhar numa piscina sem água. O que não é possível, agora é. Não acha uma delícia andar no meio da rua?, digo para Pedro. Não me responde. Suponho que ainda não sabe.

Me faz recordar dos dias de festa. Quando era pequena, as ruas da cidade ficavam fechadas no carnaval. À tarde, as cercas de madeira já impediam a passagem dos carros nas transversais, a avenida principal era liberada e os grupos de crianças se enfrentavam numa guerra de bombas de água com uma violência multicolorida. À noite, os blocos desfilavam com um excesso de penas, pele, lantejoulas, suor e tambores. Todas as garotas untadas com brilhantina em suas coxas, seus ventres, seus cabelos. Eu olhava para elas enquanto meu corpo imóvel vibrava, contagiado. Não me deixavam. Uma filha minha dançando na rua?, de jeito nenhum, minha mãe me respondeu na única vez que me animei a sugerir, quando voltávamos de um aniversário à fantasia e, aproveitando a ocasião, a mãe da aniversariante nos animou a ir atrás do desfile fantasiados de coelhos, índios ou moranguinhos. A partir de então, nunca mais pedi permissão, mas em segredo, em minha mente eletrizada, eu dançava assim mesmo. Eu era elas, embora minha mãe não estivesse de acordo. No carnaval tudo era permitido. Os patrões aplaudiam suas criadas, as alunas suas professoras, as professoras suas alunas enquanto se sacudiam seminuas, as gordas, as magras, as atendentes de farmácia e as de armazém, as garotas de bem. Todas dançavam na rua vestidas em trajes puro corpo: apertados, transparentes, pequeníssimos, radiantes, trajes que tinham bordado durante meses. Todas eram rainhas, embora só uma, a mais bonita ou a mais rica, fosse em cima de um carro alegórico agarrada a um bastão reluzente com uma mão, jogando beijos com a outra.

A primeira vez que me apaixonei foi durante o carnaval. Conheci Marcos numa noite quente de fevereiro. Tínhamos quatorze anos. Eu gostei de como suas sobrancelhas combinavam com seu nariz e de que, a partir desse dia, sempre tivesse alguma coisa para me perguntar, uma desculpa para falar comigo e ficar em pé ao meu lado. Nessa noite nos sentamos no muro da casa de minha amiga Tamy, no centro da cidade, minha base de operações para tudo que incluísse algum tipo de anseio e de experiência, distanciada, por fim, da reclusão congênita entre lagoas. Da calçada vimos os blocos passarem. Começamos a nos ver o máximo possível. A época de carnaval era uma boa desculpa para tudo. Como dormir muitos dias seguidos na casa de Tamy, coisa que minha mãe desaprovava por completo. Ou voltar a qualquer hora. Ou fazer com a roupa e a maquiagem esse salto qualitativo até a provocação sem que ninguém opinasse a respeito. Escudados na noite ou nas águas da piscina municipal que frequentávamos à tarde, Marcos começou a me dar a mão, a me falar no ouvido e a respirar em meu pescoço e eu comecei a ficar sem ar. Um dia me perguntou: quer ser minha namorada? Eu, claro, disse que não, como correspondia, como achava que tinha que responder, mas com meus olhos disse a ele que sim a tudo. Então nos demos uns beijos, caminhamos abraçados achando que ninguém nos via. Como meu pai e minha mãe não frequentavam esses eventos populares, ou, melhor dizendo, os deploravam, eu achei que era invisível. Mas me viram. Poucos dias depois, na piscina de minha avó, uma tia se aproximou e me disse: te viram na rua. De mãos dadas. Você sabe quem é esse menino? Não respondi. Nem olhei para ela. Mas escutei tudo. Era filho do inimigo número um de meu tio. Ou número dois. Entende?, disse minha tia. Também me disse: eu te entendo, o menino é um fofo. Saí sem olhar para ela, mas senti seus olhos, com seus cílios absurdos carregados de um rímel pegajoso, cravados em minha nuca pelo resto da temporada.

Meu pai e minha mãe nunca disseram nada. Eram de poucas palavras. Repudiavam tanto os foliões na rua como qualquer outra frivolidade da cidade. Acho que desprezavam tudo aquilo não fosse nós, eles. O mais indigno de Marcos não era sua família, mas que fosse alguém da cidade. Sendo a discrição o valor máximo de minha família, a cidade era garantia do contrário, como toda cidade. De maneira que puseram em movimento seus mecanismos de controle. Mudos, sutis, manipuladores. Começaram a limitar minhas saídas, a me cercar. Quando ia à casa de Tamy, já não nos deixavam ir à piscina municipal. Um dia Marcos veio nos convidar para jogar bilhar e a mãe de Tamy disse para ele, com uma voz muito baixa para não me envergonhar, mas que eu escutei, que eu já não tinha permissão para ir. À noite, quando passaram os foliões, nos imobilizaram atrás do portão de grade da casa. Eu, que era mais orgulhosa do que mansa, me dei conta de que não tinha chance e acatei. Para minha mãe essa resignação parecia um sinal de minha inteligência. Não me disse na época, mas sim muitas outras vezes quando, ao longo de minha adolescência, fui abandonando algumas batalhas. Não tive outra opção além de acreditar nela. Nesse momento ainda não sabia que estava sendo inteligente. De todo jeito, o calor de fevereiro estava terminando. O ritmo primitivo dos tambores também. As cercas de madeira já não iam conter os carros na avenida à noite. Todos íamos deixar de dançar.

Os carnavais na cidade do interior não são o que eram. Uma vez, já com os filhos, tentei reincidir: quis compartilhar essa emoção, mas o que antes me parecia exuberante depois me pareceu descolorido, desabitado. Todos, a cidade e eu, crescemos, decaímos e perdemos a graça. Mas o entusiasmo em minha lembrança continua intacto, então insisto: Não acha uma delícia andar no meio da rua, Pedro?

31

Perdi minha carteira de motorista. Depois perdi minha bolsa com tudo dentro, inclusive meu documento. Agora o que eu faço? Saio com meu passaporte, como uma estrangeira?, perguntei ao meu marido. Não me respondeu nada. Por fim saí sem nada, uma pária. E usei o carro do mesmo jeito. Me senti vulnerável nesses dois dias sem identidade, e, com seu jaleco fluorescente parecido com o da polícia de trânsito, até os lixeiros me sobressaltaram. Tinha medo de que me detivessem por eu ser ninguém.

Quando por fim decidi dar entrada nos processos, enfrentei a contradição que me persegue há décadas: no registro aparece o meu velho endereço de província e no DNI[9] o da Capital. Decidi que vou abandonar o feudo, anunciei. Vou fazer um registro daqui. Embora tenha que fazer o curso. Embora tenha que começar do zero. Embora tenha que colar o cartaz de principiante no vidro traseiro do carro por seis meses. Exceto ser mãe, para o que sempre exibi uma sabedoria inata, sempre me senti cômoda com a categoria de principiante. Até que chegou Pedro para desmentir a única coisa em que me sentia especialista. Talvez agora você deixe de

---

[9] DNI: Documento Nacional de Identidade. (N. T.)

dizer portenhos de merda, me disse meu marido. Na verdade, acho que não, respondi para ele.

Nem bem tomei a decisão de fazer os documentos novos, recuperei tudo. Como essas mães que quando resolvem adotar, ficam grávidas. A carteira de motorista tinha ficado esquecida em uma bolsa reserva. Encontraram a bolsa titular jogada num canto escuro da sala de meu grupo de leitura. Ainda não havia feito a denúncia; nesse domingo pude ir votar. Quando me mudei para Buenos Aires me dei conta de que, ao falar, as colegas de meu novo colégio bilingue não me entendiam. Eu dizia chaque, elas cuidado. Eu cordão, elas corda. Eu colí, elas curto. Eu chavear, elas trancar. Eu opáma, elas acabou. Eu me catucou, elas me cutucou. Eu judiar, elas maltratar. Eu argel, elas antipática. Eu angá, elas coitadinha. Eu espores, elas tênis. Eu pichado e elas nada; aqui não tem tradução essa palavra que quer dizer, em doses exatas, decepção, irritação e humilhação, tudo em uma só. Não só tive que aprender a lidar com o inglês durante as manhãs intermináveis, mas também com outros códigos ao longo do dia todo. Por um bom tempo, só se aproximavam para me pedir que dissesse *lluvia, calle, pollera*[10]. Queriam escutar o fenômeno do "*ll*". Riam; riam em todas as ve-

---

[10] *lluvia, calle, pollera:* chuva, rua, saia. O portenho diz "calle" pronunciado como "caje" ou "cache ". Em outras regiões hispano-falantes, é possível encontrar pronúncias como "cadje" ou "caie". (N. T.)

zes. Em casa meu pai também fazia o teste: diga *pollo*. Queria saber quando ia traí-lo e virar portenha.

Segundo minha mãe, nasci exatamente à meia-noite, por isso o médico lhe ofereceu a opção de escolher entre 19 ou 20 de abril como data de nascimento. Nasci montada na indecisão. Eu sempre gostei da história até o dia em que quis fazer o meu mapa astral. Minha mãe escolheu 19 porque gostava dos números ímpares, mas, se é verdade que quando nasci eram 12 em ponto, faz mais de quarenta anos que estou festejando meu aniversário no dia errado. Essa suspeita me levou a consultar as certidões de nascimento de meus outros irmãos: curiosamente, todos nasceram em ponto: três da tarde. Sete da tarde, nove da manhã. Cinco da madrugada. E eu, à meia-noite.

Minha mãe também escolheu meu lugar de nascimento e, apesar do parto ter sido em um hospital na rua Marcelo T. de Alvear esquina com Larrea, decidiu esperar uns dias e fazer meu registro no cartório de nossa cidade. Talvez seja a origem desse desconcerto. Meu pai me diz que não se lembra de nada, embora, agora que penso, a ideia de evitar a todo custo que seus filhos fossem portenhos certamente foi sua. Não acredito em nada na minha certidão de nascimento. Nunca fiz o mapa astral.

A contradição continua viva em minha carteira. Penso que deveria dar continuidade aos trâmites e tirar uma carteira de motorista de onde vivo. Além disso, é o lugar de que eu mais gosto.

Cada vez que vamos visitar a casa onde nasci, em algum momento da estadia Pedro me pergunta quanto falta para voltar. Dois dias, digo. Três. Às vezes respondo quatro, quando muito. Sempre falta pouco, quando vou nunca quero ficar muito tempo. Uma vez me perguntou se eu gostaria de ficar morando ali. Disse que não, que nunca, nem por um instante quis voltar a morar ali depois que fui embora. Me disse: eu também gosto da cidade. Na cidade a gente nunca está sozinho.

Eu gosto de Buenos Aires. Eu gosto de caminhar e parar em qualquer vitrine. Tudo te interessa?, me perguntou uma vez minha irmã caçula. Sim, tudo. Gosto da sincronização das multidões que avançam para atravessar as avenidas quando o semáforo dá o comando; me parece uma coreografia sincera. Eu gosto de formar parte delas e também de olhar de longe. Gosto de visitar apartamentos à venda, embora nunca compre nenhum, gosto de ver como as pessoas vivem e como é a cidade vista da casa dos outros. Gosto de contemplar de alguma sacada as luzes dos carros circulando em debandada a grande velocidade; a cidade não é amável, sua beleza é efêmera como essas luzes, como uma estrela cadente no céu, e por isso é mais bela. Gosto dos containers enormes no porto que são visíveis da autopista e, mais ainda, gosto das gruas, elas têm algo selvagem. Gosto do microcentro vazio nos fins de semana; o que é horrível nos dias normais, de repente é maravilhoso. Gosto de escutar as conversas alheias num bar; nunca pude ler em um: acho muito melhor escutar os outros. Gosto de espiar meus vizinhos do prédio da frente; tenho alguns amigos da noite, os que saem para fumar à mesma hora que eu. Gosto de sair e andar de bicicleta quando escurece no verão, mas cada vez que alguém buzina, um instinto de cidade do interior faz com que eu vire para olhar. Acho que estão me cumprimentando.

32

No meu grupo de amigas do ensino médio nos organizamos assim: de um lado as Califórnia, douradas, luminosas, otimistas. Do outro as Nebraska: hostis, hostis, hostis. Os subgrupos existiram desde sempre, mas a denominação apareceu mais tarde, quando já fazia um ano que tínhamos nos formado. De onde haviam saído esses nomes?, perguntou uma das loiras num jantar Califórnia versus Nebraska que organizamos outro dia, um costume ocasional que adotamos há alguns anos para continuar comprovando que somos opostas e também para rir disso. Algumas já não sabiam, mas contei a história repetida, como todas as histórias que contamos nessa noite, como a única coisa de que falamos.

Foi no enterro da mãe de Paca, disse para elas. Quando terminou vimos vocês indo embora como em um videoclipe em câmara lenta, todas lindas, com graça apesar da desgraça, deixando luz em sua passagem. Uma de nós disse olhem, parecem da Califórnia. Nós cinza como a pedra, mas desalinhadas, sem a elegância do cemitério, a partir daí as chamamos assim.

Muito tempo depois, exatamente vinte anos, quando a mãe morta era a minha, Paca apareceu na missa que fizemos antes de enterrá-la longe de Buenos Aires. Estamos numa roda conversando depois da cerimônia; éramos poucos. Fazia tempo que não a via. Era de noite, ela se aproximou para me cumprimentar; eu estava de costas. Uma amiga de minha irmã caçula que estava na roda, e que poderia ter sido uma Califórnia, a viu e disse assustada, em voz baixa: segurem suas bolsas. Pensou que era um mendigo. Paca estava sem cor, a roupa muito larga, tinha o cabelo grisalho. Muito Nebraska. Eu não me surpreendi. Me abraçou com uns tapinhas nas costas, como um tio velho, e, quando tudo terminou, caminhamos sozinhas até a porta de casa. Me disse outro dia subo, quero ver teus filhos. E continuou seu caminho.

Quando Paca era pequena, sua mãe gostava de vesti-la com tudo combinando, até o laço do cabelo castanho com mechas loiras. Quando eu a conheci já era adolescente: começou a desprezar os sapatos de marca, as saias e os vestidos novos que sua mãe deixava em cima da cama. Passou a preferir os jeans retos e as camisetas enormes que escondiam os melhores peitos, de longe, de todo o grupo. O que não conseguiu esconder foi a beleza de seu rosto, sua pele perfeita, seus olhos azuis e um sorriso imaculado muito antes de que existissem todas essas técnicas de clareamento. Paca era órfã de pai. Uma órfã selvagem. No colégio se beneficiava dizendo às professoras: meu pai está morto, e quando a tratavam com ternura, ria com gargalhadas maldosas desprezando o carinho, desprezando tudo. Tínhamos quinze anos quando um dia a encarregada de curso, senhorita Franchini, escreveu uma carta para ela pelo seu aniversário. Nunca soubemos o que dizia. Paca tirou da mochila seu maço de Marlboro e depois seu isqueiro e queimou a carta na cara da professora. No fim do ano expulsaram Paca do colégio. Com o tempo deixou o cabelo grisalho de fios brancos precoces, sua pele e seus dentes também se tornaram cinza. Até os olhos azuis se descoloriram um pouco.

Estamos iguais, disse uma loira durante o jantar. Ninguém respondeu. Comemos lá fora. Senti frio. As meninas elegantes não têm frio. Deixam que vejam suas panturrilhas até no inverno, podem escolher os sapatos de que gostam, não os mais quentes. Podem variar. Parecer despreocupadas. E andar assim. Leves, eretas, independentes. Eu, por outro lado, sempre tenho frio. Preciso que me abriguem, não me basto sozinha. Vivo em Nebraska. Ali a vida é dura. Mais cedo nesse dia, mandei uma mensagem para Paca e perguntei se ia ao jantar. Era a única que não havia confirmado a presença. Agora quase não há resquícios da garota provocadora, agressiva e discordante que era Paca nos anos noventa. Vive sozinha numa casa enorme, tem uma horta impecável, uma gaiola cheia de papagaios vistosos, mas um é o preferido e está o tempo todo no seu ombro, vários cachorros salsicha.

Usa sua força masculina, mas já não a alardeia diante de nós, o faz de forma natural. Tem um jardim exuberante, sabe o nome de cada uma das espécies, das que ela plantou e das que estavam ali antes: é uma arte que herdou de sua mãe. Há pouco tempo nos convidou, as Nebraska, para almoçar em sua casa. Esteve calada e extremamente feliz de estarmos reunidas. Ela nunca havia sido do tipo feliz. Suponho que encontrou a paz. Quando perguntei por que não ia ao jantar, me disse: essas reuniões me entediam. Embora nós, as Nebraska, não nos acolhamos facilmente, ela continua sendo de longe a mais difícil de acolher.

Quando te der vontade de tomar um banho quente, tome um frio, me disse uma amiga que passei para pegar. Fomos juntas ao jantar para superarmos nossa hostilidade natural. Foi bom e nos superamos nas luzinhas do jardim. Na volta passei perto do colégio. Por muito tempo o número da rua do colégio foi minha senha de identidade digital. Ou de segurança. Acho que identidade e segurança são um pouco do mesmo. Como é perigoso não saber quem você é. Tinha que escolher algo que fosse suficientemente sonoro, familiar, indelével. Algo que não fosse tão óbvio como meu ano de nascimento ou o de meus filhos, algo que minha mente despistada pudesse reter e que estivesse marcado a fogo. Uma brasa antiga em minha memória: 1210.

Fiz todo o caminho pelas faixas do meio das avenidas para evitar que os controladores de álcool com bafômetros me parassem. Quando meu marido me disse como foi, me conta alguma coisa, respondi para ele: fiquei com frio. E depois: não tenho mais nada para contar.

33

Pedro terminou sua terapia depois de quatro anos e oito meses. Com tambores rufando, nos disse a psicóloga Irene com os olhos como duas bolinhas brilhantes, e Pedro riu e eu também. Quando fomos embora, abracei-a muda para não chorar. O sucesso alheio sempre mexe tanto comigo que poderia soluçar sem controle. Não importa que seja um candidato anônimo que, sem nenhum tipo de encanto aparente, se revele brilhante em um programa de talentos. Ou alguém se esforçando para terminar uma corrida de longa distância. Como Nano, o colega obeso de Elena, que com cada passo que dá em vez de correr no plano parecia estar subindo uma encosta escarpada. Chega trinta minutos mais tarde que o outros, mas chega, entre aplausos e vivas dos colegas, dos professores, dos pais que estão ali: Nano! Nano! Triunfal. Triunfal como Pedro em sua última sessão.

Desci do elevador, andei meia quadra e me dei conta de que, pela primeira vez em quase cinco longos anos, tinha esquecido meu celular sobre a mesa de Irene. Voltei, apertei o interfone com vergonha e pensei que, como sempre, Pedro cresce muito mais rápido que eu. Irene desceu, me estendeu o telefone e riu com a mesma risada satisfeita que lhe provocavam certas respostas ou atitudes de Pedro na sessão, umas minigargalhadas que saem do seu estômago como castanholas, e me disse: parece que quem não quer terminar é você.

Para festejar, Pedro decidiu convidar sete amigos para o clube para fazer um quatro contra quatro. Quando chegamos vi meus sogros sentados na mesa de sempre, com os amigos de sempre, almoçando o de sempre. A cena que contemplo imutável cada vez que vamos ao clube me deu um nó na garganta pela angústia primitiva, e, depois de cumprimentar todos com um beijo, procuramos nossa própria mesa. Os amigos de meu sogro são todos casados. Conheci todos juntos e de uma só vez no dia de meu casamento e a partir daí sempre os vi em grupo, impossíveis de diferenciar. Disse a meu marido em voz baixa que só de pensar que poderíamos nos transformar nisso me dava vontade de ir embora dali agora mesmo. Me disse: sempre está querendo ir embora. É verdade. Este não é o meu clube. Não tenho clube, embora seja sócia deste desde 2002, quando, depois da crise, com o que restou de nossas economias em dólares pesificados, meu marido me sugeriu que virasse sócia. Era tão pouca a grana que nos sobrou e tanta a minha frustração que disse tá bom. Para que possa usar a piscina no verão, disse; os visitantes não podem. É seu clube de toda a vida. De toda a vida: a frase que minha sogra usa para garantir que algo é como deve ser. Nunca entrei na piscina.

Quando era pequena, havia um programa de televisão que eu adorava, se chamava *O jogo dos casais*. Era apresentado por um senhor que parecia alegre e depois se suicidou. Vários casais competiam entre si e ganhava o que sabia mais sobre seu par. O apresentador que parecia alegre fazia a eles perguntas do tipo: quando sai do banho, que parte do corpo seu marido seca primeiro? Outras vezes dizia em voz alta uma frase como: gosto de comer pão depois da sobremesa, e o homem que reconhecia a declaração tinha que apertar uma campainha e gritar, essa é minha mulher!

A parte que os casais festejavam as coincidências com um beijo mecânico na boca me parecia triste. Intuía que o casamento como um acúmulo de coincidências e carinho automático era uma ideia desoladora. No fim das contas, ganhar era isso.

Sempre penso em como teríamos nos saído. Acho que se tivessem perguntado a meu marido: em que pensa tua mulher todas as noites antes de dormir, certamente perderíamos.

34

Ontem pela manhã, Pedro descobriu tudo. Agora quando fala do Papai Noel e do Ratón Perez, abre aspas com os dedos e faz perguntas, exige detalhes. Que horas colocam a grana? Quem come o queijo? Onde estão todos os meus dentes? Mãe, você gosta de ser Papai Noel? Eu rio um pouco triste e não quero responder. Há três dias, escutei na saída do colégio quando contava a um amigo que o Ratón tem um castelo construído com dentes de ouro porque é rico, que desta vez pediu dólares em vez de pesos e que ele trouxe vinte. Há só três dias, ainda acreditava.

Como tarefa, a professora pediu uma linha do tempo com os momentos marcantes de sua vida. Primeira palavra. Primeiros passos. Primeiro dia de aula. Primeira viagem. A vida é assim, um dia acontece. Eu tenho tudo anotado. Para cada um de meus filhos, montei um livro com fotos, histórias e lembranças. Eles adoram olhá-lo. Agora vou anotar no de Pedro sua primeira desilusão.

Me encontrei no clube com a mãe do amigo de Pedro que morreu de câncer. Já vai fazer um ano. Do que você estava falando?, me perguntou Pedro. De Florián, respondi. "Florián", repetiu, abrindo aspas com os dedos. Por que pôs aspas? Porque já não existe, me respondeu. As aspas se transformaram em algo sinistro.

Fui a um churrasco que não era churrasco porque era de mulheres sozinhas, então havia tortas salgadas e saladas. Quando voltei, meu marido me perguntou: o que comeram? Tortas? Deveria aprender a fazer churrasco, pensei. Minhas amigas disseram: que incrível estar comendo sozinhas num sábado ao meio-dia, não é? Não tinha nenhum filho, ninguém para cuidar. Eu levei minha cachorra. Quando voltei de carro olhei para a Chica, que havia corrido pela grama e brincado com a bola e perseguido passarinhos, e pensei que bom que fui. Desde que tenho filhos aprendi a aproveitar através dos outros. Me pediram que levasse sobremesa e me irritei. Eu gosto de levar coisas, mas não gosto que me peçam. Uma amiga disse que fica irritada que seu marido avise desde cedo que quer trepar. Se sente obrigada. Como é importante acreditar que fazemos o que fazemos porque temos vontade. Levar uma sobremesa. Trepar. Ir a um churrasco. Comer tortas. Fui a primeira a ir embora.

Depois de anos de olhar anúncios, de falar com imobiliárias e de visitar apartamentos, encontramos um com terraço e acho que, se baixarem um pouco o preço, vamos comprar. Tem uma churrasqueira, uma fonte e muito sol. Meu marido está entusiasmado, se entusiasma com facilidade: é alegre, confiante, otimista, todas as características de que eu careço e só possuo por transitividade. Ou, pelo menos, as possuo como tudo o que se pode possuir por transitividade. Não estão na minha natureza. Pedi a meu irmão arquiteto que me acompanhasse para procurar defeitos. Eu gosto do apartamento, mas me dá um pouco de medo, é muito grande. Disse para ele: olha, neste terraço Pedro poderia jogar um dois contra dois. Quando se der conta Pedro não vai mais estar aqui, me respondeu. Bom, neste terraço também daria para eu ficar sozinha.

Quando era pequena não gostava de ficar sozinha. Mas, de tanto ficar sozinha, no final me acostumei e agora as pessoas me cansam. Estou sem treino. Depois das reuniões sinto o corpo doído, como quem nunca faz exercício e de repente começa a correr uma maratona. A homeopata me disse: as mudanças aceleram os processos, o bom e o mau. Você escolhe. No terraço do apartamento há uma trepadeira de rosas brancas. Quando estávamos saindo, a mostrei para meu irmão e disse: sempre quis ter uma dessas.

35

Suponho que minha mãe soube que ia morrer quando, depois de um ano de tratamento e de uma falsa remissão, o câncer voltou com toda a fúria. Voltamos a adotar com naturalidade uma rotina de quimio, neutropenia, quimio, neutropenia. Radioterapia. Quimio, neutropenia. Incorporei ao meu vocabulário palavras novas e fundamentais: *filgastrim, tramadol, carboplatina, gemcitabina, metadona, metadona, metadona, cisplatino*. Depois fui me esquecendo delas. Minha irmã caçula não, ela me faz lembrar. Havia um otimismo generalizado, ou uma negação contagiosa. Mas minha mãe sabia. Eu também.

Foi nessa época que começou a pedir: cuidem de seu pai. Eu não entendia. Meu pai se cuida sozinho, pensava. É poderoso. É o filho do dono de tudo e faz muito tempo que se transformou em algo parecido com o dono de tudo. Do que meu pai pode precisar? Não se preocupe, eu dizia para ela, todos dizíamos. Só minha mãe sabia que meu pai era insignificante sem ela. Um inseto pequeno, uma criança perdida na multidão, o segredo que não ia poder levar para o túmulo.

Na nossa família o doente, o que tínhamos que cuidar, sempre tinha sido o meu pai. Desde seu primeiro enfarto aos quarenta e sete anos, estávamos preparados para que morresse primeiro, até ele mesmo. Mas não só sobreviveu a esse enfarto, como também a um acidente de carro que o deixou debilitado e à outra doença cardíaca da qual o ressuscitaram milagrosamente com um desfibrilador. Até suas gripes eram grandiloquentes. Deitava, se cobria, levavam a comida na cama, tínhamos que fazer silêncio. Não lembro de minha mãe com gripe nem uma só vez em toda minha infância. Até não faz muito tempo tinha certeza de que as mães não ficam doentes, exceto para morrer. Até não faz muito tempo pensava que as mães casadas se dividiam em duas: as que se desvelam por seus filhos e as que se desvelam por seus maridos. Minha mãe era sem dúvida do segundo grupo. Até que ficou doente e nos confiou a tarefa.

Meu pai avança aos tropeços. Às vezes tenta se agarrar às coisas: seus filhos, sua casa, seu trabalho. Mas invariavelmente, quando levanta a vista, é como essas crianças que descobrem, confusas e envergonhadas, que se agarraram à perna errada. Meu pai não sabe o que fazer nas férias, nem no Natal, nem no Ano Novo, nem nos domingos à noite nem nos feriados prolongados. Eu não sei o que fazer com meu pai. Quando está em Buenos Aires, às vezes decide ir embora intempestivamente. Fique, dizemos para ele, por que vai voltar para lá sozinho? Tenho que visitar tua mãe, responde. Às vezes dorme a *siesta* ao lado do túmulo de minha mãe. Leva um livro ou escuta música com os fones de ouvido até que o sono o vença.

Na minha infância, as *siestas* de meus pais eram sagradas. A psicóloga que abandonei me disse que seria o momento de sua sexualidade. Achei que foi um comentário desnecessário. Seja como for, a sexualidade dos pais, ou pelo de pais como os meus, unidos em sagrado matrimônio, é um tema em que os filhos não querem pensar muito para poder se concentrar na sua própria sexualidade. O que sabem os filhos de seus pais além de que são pais? Não muito. Estávamos proibidos de fazer barulho e também proibidos de sair por causa das cobras. Era o único momento do dia que eu tinha vontade de sair. Em todos os outros preferia ficar dentro de casa, lendo. Uma vez saí com minha irmã e encontramos uma jararaca na arcada da frente. Eu, que era maior, joguei uma pedra de quartzo que ficava de enfeite e quis sair correndo, mas fiquei hipnotizada com os cristais, falsos diamantes afiados que se soltaram da pedra.

A partir de então, não precisei de mais desculpas para jogar os quartzos com toda a minha força sobre as lajotas de barro só para descobrir que, embora marrons e ásperos por fora, se os partia com violência deliberada a beleza interior aparecia de repente, multiplicada e luminosa. Gostava de brincar com isso na *siesta*.

Meu pai dormia com minha mãe, a porta fechada, as persianas baixas e o único ar-condicionado da casa ligado. Era bom para diminuir os barulhos, dizia minha mãe, mas às vezes não era suficiente e ela saía desconjuntada e furiosa para garantir o sono de meu pai. Se encostava sobre a colcha laranja de uma de nossas camas com a revista *Cláudia* que segurava com uma mão enquanto tinha os olhos fechados; não sei se forçava a mão ou os olhos, mas ficava imóvel e nós já não podíamos dizer nada, nem um riso, nem uma palavra. Antes era meu pai que saía com o cinto de couro e ameaçava bater na gente batendo com ele contra a parede ou contra o chão como se fosse um domador de circo. Mas isso era normal quando meus irmãos maiores moravam em casa, foi se transformando em excepcional e desnecessário quando dos cinco só ficamos duas. A cara de minha mãe com os seus cabelos despenteados costumava ser suficiente. Ela era a guardiã do sono de meu pai, e dele. O que nos regia era seu bem-estar.

Agora meu pai dorme a *siesta* na grama, ao lado do túmulo de minha mãe. Só chiam as cigarras da colina. Talvez já não se incomode tanto com os barulhos, está quase surdo. Uma vez ficou muito tempo, até ficar de noite, os guardas da segurança se preocuparam e foram buscá-lo. Meu pai deu risada. Fez uma piada cruel sobre sua própria morte enquanto se punha de pé rápido, mas não pôde ir embora do cemitério sem se despedir de minha mãe.

Outro dia eu o acompanhei ao cemitério. Pusemos flores, sentamos no banco e quase não conversamos. Eu me queixei da umidade e lhe disse que tinha nascido no lugar errado. Já vamos, eu disse de repente. Fiquei em pé e começamos a caminhar. Me dei conta de que ele estava indo sem dar tchau para minha mãe. O cumprimento é assim: se abaixa um pouco e toca na lápide. Não disse nada para ele. Demos alguns passos até o carro, mas ele se deu conta sozinho, voltou atrás, se pôs na frente da pedra e a acariciou com suavidade, como se o granito fosse o cabelo de minha mãe, ou seu braço morno. Eu me virei, o vi. Também não disse nada para ele.

36

Minha irmã caçula me manda uma foto do parque Yosemite na Califórnia, para onde foi com sua família. É a foto de umas montanhas. A mensagem diz: à noite neva e amanhã a paisagem vai ser outra. Eu, com os quarenta graus do calor litorâneo, me aproprio da imagem e quando vou dormir desejo isso: que à noite neve, que a neve apague todos os rastros dos últimos anos ou pelo menos os deixe sepultados. E no dia seguinte tudo possa começar a ser diferente para mim.

A professora de natação de Pedro disse para ele: o problema do teu crawl é que você deixa os braços atrás, e aí cada braçada exige muito esforço. Os braços sempre vão na frente, sempre na frente. Assim é mais fácil, assim desliza mais. Isso, digo. Eu também vou deixar os braços na frente. Quero deslizar mais.

Mas depois não tem mais aulas de natação. Começa a chover e não para. Por dez dias, não para mais e parece que não vai parar nunca. A umidade se mistura com o calor e vamos ficando cada vez mais feios, com o cabelo opaco, a pele pegajosa, os olhos afundados em dois buracos cinza. Sou uma péssima companhia para meus filhos nestas férias. Rosa e Pedro se deixam arrastar pelo meu estado de ânimo. Pedro, com sua alma velha, me diz: estou destruído. Rosa: quero ir embora agora mesmo, Elena, por outro lado, floresce, como sempre. Pode ser uma orquídea tropical ou um mirto de tronco canela ou uma mata de arbustos áridos, o que for preciso. Seu remédio homeopático é de origem vegetal, próprio para pessoas sensíveis, mas também capazes de se adaptar às mudanças e sobreviver. O meu, ao contrário, é um mineral. Duro por fora, mas com um golpe pode se quebrar para sempre.

Te amo muito, me diz meu marido em uma mensagem que me manda de Buenos Aires. Por fim, também me diz: não te aguento mais.

Eu não gosto que gostem tanto de mim, diz Rosa e eu digo para ela que sim, que às vezes também fico agoniada. Pedro me diz: veja, eu te amo muitíssimo e acho que não te incomodo.

Quando de repente sai o sol sou como os soldados que saíam de farra na guerra. Só um segundo de distração enquanto toca uma música alegre no meio do desastre.

Digo ao meu marido que quero ir embora daqui.

Nunca me lembro do ano em que minha mãe morreu. Só me lembro do dia, 25 de maio. Desde então celebro minha própria revolução. Para lembrar do ano tenho que fazer algumas contas que vão para trás de três em três. Quando diagnosticaram o tumor no rim de minha mãe e aconselharam cirurgia urgente, Pedro estava a poucos dias de nascer. O obstetra disse: se eu tocar em você, nasce. Eu então disse a ele não me toque, vão operar minha mãe, tenho que estar lá. Três dias depois que os médicos saíram da sala de cirurgia para nos dizer que minha mãe tinha câncer, Pedro nasceu de parto normal, quatro quilos, sou um arraso. Minha mãe veio nos visitar no Hospital italiano. O câncer começou a se espalhar. Pedro a crescer. Eu cuidei dos dois.

Quando Pedro estava a ponto de completar três anos, minha mãe estava a ponto de morrer. A discussão era se íamos fazer o aniversário ou não, se celebrávamos ou não. A mesma discussão tinha acontecido quando me casei. Quase cancelamos tudo porque meu avô estava agonizando. Minha avó me disse de maneira nenhuma, vou pôr meu melhor vestido e vou. Assim que segui seu exemplo, aluguei para Pedro o melhor inflável, um com forma de carro, e festejamos. Três dias depois minha mãe morreu. Ela esperou três dias, os mesmos que Pedro havia esperado por ela para nascer.

O dia do enterro foi cinza e chuvoso como os enterros têm que ser para que não sejam tão tristes. O sol é impiedoso e te lembra que a vida tem que continuar, o sol não entende, te julga: estar triste com sol é duplamente triste. Nesse dia, amparada por um céu denso, peguei Pedro no colo e disse a ele em segredo, com certo desejo, que começavam os próximos três anos para nós, anos sem câncer. Senti ao mesmo tempo algo ruim e algo bom. Senti dor e liberação. Um final e um princípio. Algo novo, algo usado, algo emprestado.

Não tinha previsto o efeito colateral. Foram anos sem câncer e também sem minha mãe. Sem amortecedores, aos tombos. Cada golpe foi seco. A morte por uma doença terminal não é algo que um dia acontece. A morte começa antes do dia da morte. E dura muito mais, seus efeitos se multiplicam como uma praga.

Quando tinha oito anos comecei a escrever, a copiar os contos de meus livros apropriando-me das histórias com minha própria caligrafia, literalmente, sem nenhuma ambição de originalidade. Também decalcava as ilustrações, pintava e guardava tudo em uma caixa de papelão decorada com papel crepe que tinha sobre minha escrivaninha. Às vezes, para escrever, apagava as luzes e acendia uma vela. Dediquei horas e horas a roubar o alheio. Um dia minha mãe disse a Francisca que arrumasse meu quarto, o meu aniversário estava próximo e tinha que desocupar a casa, fazê-la apresentável. Minha caixa cheia de histórias foi parar no lixo. Quando nessa noite fui acender a vela para escrever, vi que a caixa tinha desaparecido. Minhas ambições desapareceram com a caixa e não voltei a pensar no assunto.

Me pergunto se teria começado a escrever se minha mãe não estivesse morta. O que sei é que comecei quando ela morreu.

Pedro me disse: eu não tenho medo da minha morte, tenho medo da morte de meus entes queridos. Claro, disse para ele, sentada num bidê de onde estava acompanhando o ritual de escovar seus dentes antes de ir dormir, eu também. Parou de escovar os dentes, olhou para mim e me respondeu: mas como? A tua mãe já morreu. De madrugada passou para minha cama.

Fumo um cigarro olhando o paredão cinza de ar e luz do meu apartamento. Parece um paredão de fuzilamento de segunda pela manhã. Mas é terça, não tenho do que me queixar. Como vou ficar triste se eu tenho tudo.

Estou terminando o segundo ciclo de três anos sem mãe, já se vão quase seis anos desde que ela morreu. Não posso escapar desse padrão de números de três que inventei. Tenho expectativas. Apesar de tudo, três sempre foi o meu número da sorte.

À noite, finalmente me vejo com a nitidez que a negrura sempre me deu. Na cama, apenas meus pés com meias encostam em meu marido. É triste assim. No dia seguinte, cedinho, digo para ele: quero me separar. Ele diz apenas: eu também. Estamos fartos. Penso que é um final adequado para algo que começou há vinte anos quando ele me perguntou, casamos?, e eu só disse: ok. A certeza é uma força demolidora.

Fumo outro cigarro, desta vez na sacada que dá para o outro lado da rua. Olho o céu azul. De madrugada choveu, mas agora tem sol. O sol é mulher, disse ontem um cientista chileno no jornal. O sol vai explodir daqui a cinco milhões de anos, quando chegar a menopausa e a vida se extinguir. Enquanto isso vai sair todos os dias.

Vou me separar, digo para uma amiga. Digo a ela porque quero escutar muitas vezes. Me olha com olhos arregalados. Ensaio uma explicação que vou ter que repetir e aprimorar cada vez que fizer o anúncio, uma tarefa cansativa. Afinal de contas, éramos quase perfeitos. É como quando alguém te acaricia sempre no mesmo lugar, no braço, por exemplo. A princípio você gosta, depois começa a te irritar, mas aguenta porque quem te acaricia tem boas intenções, até que a pele começa a doer e você a sente em carne viva e se torna insuportável e você pede por favor que deixem de te fazer carinho dessa maneira tão insistente e automática. Acendo um cigarro. Você é muito corajosa, me diz. Digo a ela que nada. Ser corajosa é uma responsabilidade cansativa, não quero ser corajosa. Ela me diz fique um pouco mais e aproxima de mim um cinzeiro redondo de cristal transparente. Acumulo bitucas. Estão à vista de todos, de quem quiser ver, inertes como este último tempo. O filhinho de minha amiga aparece e, olhando o cinzeiro que nesta casa ninguém nunca usa pergunta: o que é isso? É para apagar o incêndio? Sim, respondo em minha cabeça. Tenho que apagar o incêndio e começar a reconstrução. Tenho que fazer isso sozinha, também digo a ele, embora essa certeza não seja nova. Me acompanhou sempre. Todos estamos sós.

Mando uma mensagem para minha homeopata para passar o informe semanal das minhas dores de cabeça. Não vão embora. Ela me liga e diz: estava para responder sua mensagem e vi sua foto do Whatsapp. Você colocou uma foto do seu rosto escondido atrás de um abacaxi. Como você me coloca seu rosto escondido atrás de um abacaxi? Assim não dá. É impossível se está escondida atrás de um abacaxi. Como vou encontrar seu medicamento? Você está triste. Dou risada. Explico que a foto é uma brincadeira com meu nome ananá-vajas[11]. Não acho engraçado, você me entende, me responde. Ela marca uma consulta em seu consultório e antes de desligar me diz: prepare-se para ficar o tempo que for necessário.

Quando chego, me pede: fale de sua mãe. Você vem há três anos e nunca falamos disso. Diga o que sentiu quando sua mãe morreu.

---

[11] *Ananá*, "abacaxi" ou "ananás" em português. (N. T.)

AGRADECIMENTOS

A Pedro Mairal, Margarita García Robayo, Santiago Llach, Adriana Riva, Natalia Rozenblum, Flor Monfort, Marina Yuszczuk, Majo Moirón, Lucila Navajas, Inés Medrano, Lucía Calzetta. E aos mais importantes: Sara, Blanca e Antonio Sahores.

SOBRE A AUTORA

Ana Navajas (1974) nasceu em Corrientes e mudou-se para Buenos Aires onde estudou Ciências da Comunicação na UBA. *Você está muito calada hoje* foi publicado em 2019, é seu romance de estreia e seu primeiro trabalho traduzido no Brasil. Atualmente ensina escrita criativa e vive em Buenos Aires com sua família.

Este livro foi produzido no Laboratório
Gráfico Arte & Letra, com impressão em
risografia e encadernação manual.